U0381648

窈窕文丛

火星一号

朱个 著

译林出版社

窈窕文丛：爱情一息尚存

贾梦玮

“窈窕文丛”，顾名思义，作者都是女性，是女作家，而且这次基本都是八〇后九〇后的青年女作家。关于女作家，关于女性书写，有“女权主义”的说辞，也有女性文学为文学提供了细腻与抒情风格的说法。这两点都有它的理由，但也都可以不管。或者说，“窈窕文丛”的年轻女作家们所提供的，远远不止这些。

我相信，女性所体验的世界一定不同于男性所体验的世界，这是由男女不同的身心所决定的。因此，女性作者一定会为文学共同体提供新的东西。“窈窕文丛”不仅是女性文学，而且要为文学提供新质。就拿经典的女性文学形象来说，目前我所知道的大多为男性作家所创造；但我更愿意信任女作家们所塑造的女性形象。因为，那不是“他者”，而是她们“自己”。“窈窕文丛”为文学世界提供的女性文学形象，如纪米萍、夏肖丹、丁霞、刘晋芳、商小燕、娜娜、云惠、阮依琴、唐小糖、芸溪、静川、梅林、汪薇……还有好多个“我”与“她”，那些鲜活的女性形象，只有她们才能创造，“她们”身心的千疮百孔，只有她们才能感同身受。阅读“窈窕文丛”，我一次又一次被震撼，我对于“她”的阅读体验，不是同情、怜惜、悲悯等等词汇所能概括的。常常，我觉得我就是“她”，就是“她们”，我居然也可以感同身受。这是文学的魅力，也是文学的命运。

让我这个男性读者觉得遗憾和汗颜的是，“窈窕文丛”中所塑造的男性形象，或萎缩，或无能，或逃避，或不忠，或模糊不清、不负责任，或外强中干、金玉其外败絮其中，伊甸园至少有一半有坍塌的危险。女人都那样了，男人就没有责任？还有幸福可言？男人都这样了，女人的幸福又从哪儿来？男人的命运和女人的命运如此紧密地联系在一起。异性环境颓败了，无论男女，他们和她们情将何堪？免不了的，每个人的心上都会有一道或一道道伤口。我们都是伤心之人。文学，某种程度上就是疗伤的艺术。

但是，“窈窕文丛”中所有的故事也都在告诉我：爱情至少一息尚存。“窈窕文丛”的每部作品中，有一万条否定爱情的理由，可是爱情还是在那儿，无法否认。倘若本体意义上的爱情已经死亡，“窈窕文丛”中的那些女性，也就不可能有那样的深创与剧痛。爱情似乎是痛苦之源，但也只有爱才能创造奇迹。

广义上的“爱”和“情”是世界的本源。“窈窕文丛”中的作品，也有不以两性关系为描写中心的，而是更多关注底层人物粗砺、绝望的人生，像冰冷的石头和灰扑扑的尘土一样的命运。

“任何人在写作时想到自己的性别都是不幸的。”弗吉尼亚·伍尔夫的话颇堪玩味。她还说：“心灵要有男女的通力协作才能完成艺术的创造，必须使一些相互对立的因素结成美满的婚姻，整个心房必须大敞四开，才能感觉到作家是在美满地交流他的经验。”弗吉尼亚·伍尔夫被“女权主义”时而认作同道时而认作敌人。我只知道，男人和女人有着更宽广意义上的共同命运。

美貌曰“窈”，美心曰“窕”；美状曰“窈”，善心曰“窕”。“窈窕”形容的是女子仪表心灵兼美的样子，丛书以此命名，编者和出版人的美好愿望可以想见。“窈窕淑女，君子好逑”。说好的“君子”呢？“窈窕文丛”既是给女人的，也是给那些男人的。

给“爱”机会，让“爱”创造。

目录

火星一号

只要左辉准时出门，每天都能在这个路口遇到红灯。每天的这个时刻，左辉都能看见同一辆安邦护卫的运钞车，车上下来一位大汉，指挥汽车调头倒上人行道，停在银行门口。大汉的脸很圆，被钢盔箍紧便尤其圆。他站在启开的后车厢旁，以一种近乎夸张的扭头姿势左看右看，简直让人怀疑他仅是在做摇头的动作，其实任何状况都没看到。他手里有枪，远远地，乌黑地，只有一个轮廓，看不清任何部件。即使这样，人们也都知道那是一把枪，哪怕被他潦草地半举在腰部，总归同玩具是不大一样的。

两分钟的红灯倒计时后，左辉拽住车把，电瓶车徐徐地开起来。运钞车和持枪大汉渐渐成了反光镜里的影像，岿然不动，却越来越小。左辉想起一则有关运钞车的新闻，押运员完成一天的工作后在车里开枪自杀。那种人一定是上班太早，睡得太少，左辉瞄了眼手表这样想道。现在是清晨六点五十分，左辉正在去往单位的路上。时间很紧，只留下十分钟不迟到的余地了。可今天的左辉，心头定定的，一点也不着急。这一路上，他晃悠悠地，大半的心思都交给了运钞车和持枪大汉。他心存不必要的幻想，幻想那个自杀的押运员不像大汉，不像这位脸蛋圆圆心不在焉的人。

左辉刚刚停好车，一只反光镜就垂了下来。昨天才绑上去的胶带缠得厚厚的，还是没用。要怪就怪那些精力过盛的熊孩子，老是到车库追追打打。

什么时候该去换一个。

不对，要换就得换两个。

也不对，换了也白换。

反正用不上了。

念头一晃而过，立刻变得具体而清晰，把他自己都吓了一跳。他后退几步，眯起眼打量着。这车吧，还不坏，卖卖没几个钱，白送总有人要的嘛。

他一边快走一边大口吃着早饭。电铃忽然尖锐地啸叫，斗牛士进行曲同时欢快地迸发出来，灌满了校园的所有角落。和着这节奏，他咀嚼的动作也越发迅速，剥皮粽子一口口地散开成酱油米粒儿滚动起来，可他连一星半点肉末都没有感受到。这肉粽子对不对头啊。左辉认真看看手里剩的小半个，里头依稀嵌着可疑的肉皮。已经迟到的学生嗖嗖嗖地从他旁边跑上楼梯，书包在他们背部一只只地飞起来。

左老师！左老师！左老师……等他抬起头来，最后的学生早已不见了影踪。他皱皱眉头，囫囵一口吞掉了剩下的粽子，以后不晓得还能不能吃上这些伪劣粽子呢。这个念头又冒出来，好像根深蒂固地长在那儿了。心尖突突蹦跳。

与此同时，对面走廊上信步踱来的，如入无人之境的，和周围气场不合的，毫无疑问，是今天的值班领导。领导撞见他，也不说话，上下扫视一番，充满内涵地缓缓走开了。各大教室秩序井然，渐次飘来琅琅书声，声音连成一片，听着颇像是诵经。

头一回，左辉的早读课迟到了。

如他所愿。办公室的门锁着，同事们都去了各自班级。

左辉放下背包，昨晚他往里塞了点东西。趁现在没有人，他可以把它们一样样地拿出来，又一样样地摆到同事们的桌子上了。

那不过是几根拆下来的旧天线。

只有钢笔那点长度，但可以伸缩。左辉拉开一根，在空中挥动几下。这东西还可以当教鞭，课堂上舞动起来生机勃勃，有挥斥方遒的气势，够得着的话还可以用它敲敲前排学生的大脑门，反正在他眼里用处很多。左辉的心又平坦下来。

他年纪不大，却喜欢旧东西、被扔掉的东西。从小到大，他积攒了好多没人要的东西：生锈的机械零件，磨得毛毛躁躁的玻璃弹珠，没有了光泽的搪瓷水杯，磨秃边角软塌塌的洋片，一大包废电池，翻烂的教辅材料……都在家中的角角落落受到关怀地存在着。他就是单纯地喜欢不再挺括不再咄咄逼人的玩意儿，它们呈现出斑驳的色泽，让他感到温暖和安全。每当他走进房间，那股热乎乎的味道包围住他，让他好似钻在捂熟的被窝里，一颗心就定下来了。

那天他路过旧货店，看到老板坐在门口擦拭几个老式收音机，他立刻被那些拉得长长的天线吸引了。亮闪闪的天线用渴望的姿势指向天空，争着要把光接引到自己身上，就像有许多话语在凌空倾诉，告诉大家它们有朝一日总能派上用场，这种姿态叫人没法拒绝。于是他向老板买这几根天线，老板说你这人真滑稽，要是天线都没了，这几只老收音机我哪里还卖得出去？左辉就看中天线，收音机他不要。呆呆想了想，他说要不这样，我全要了。一共也没多少钱，老板收了钱，懒洋洋地要把收音机装起来。左辉说我来吧，就当着老板的面噼里啪啦把所有天线拆下来了。老板眼睁睁看他将天线揣进插手兜，一把亮晶晶的头还露在外面，左辉就这么一声不响地走了。

昨晚，当他把天线塞进包的时候，心同样是笃定的。自从左辉打定那个主意之后，他决定要妥善地处理好这么多年收集的各种破烂，大部分只能扔了，小部分还是只能扔了，而这些天线肯定是不在其中的，它们派用场的时候到了。

等同事们回来，他们一定会夸他慷慨、大方，只不过谁知道他们说的是真是假。想到这些话语的围攻，他就要皱眉。那个活泼生动的胖女人，是不是还会夸张地用“贴心”这种字眼形容他？感谢的话讲得如此热情，那真是令人有点害怕发窘了。他母亲还在世的时候，每次看到儿子妥当地把各种零碎化废为宝，总要说，这么会过日子的男人，到哪里都找得到好女人……可她还要轻轻顿一顿，后半句像是只讲给自己听的——就怕他想不开呀。

左辉把最后一根天线放到最后一张桌子上，终于彻底松快了。而同事们的皮包和早饭也早就横七竖八地堆在桌子上，豆浆油条、鸡蛋煎饼，还有几个差不多的粽子，待他们饿着肚子上完第一节课，这些吃的保准都凉到心了。哦，没关系，反正那儿还有台微波炉。

微波炉是神奇的发明，一种现代社会的好东西，这是学校赏给每个办公室的福利。校长曾经动员大家发扬“以校为家”的精神，争取一日三餐都在学校解决。据前排的同事说，校长讲话的时候，双颊都被他自己感动地发抖。左辉代表整个办公室上台领奖，他勉力把纸箱抱在胸前，校长书记两边凑上来，“咔嚓”便定格。后来这张合照登上了学校网站的首页，在上面占据了好几天。在这篇报道被其他报道挤下头版的时候，他在电脑里保存了这张照片。他用图片处理软件，从校长书记的簇拥里把抱着微波炉的自己裁剪了下来。他的身形在切割后的狭长背景里显得瘦、单薄、绵软，那个家伙，怎么看都不像他。这张照片被归类到名叫“自己”的文件夹，这里面所有的他，全都不像他。

左辉凑近桌子，光滑的面板上隐约映出他的脸。他看着看着，喷出个大哈欠。

门被敲了几下，很轻，然后被更轻地打开。

左老师。他的课代表把一叠本子放到办公桌的边缘。

这些同学没有交。课代表把写着名字的粉红色便条粘在最上面。

又收不齐？左辉抬头瞄一眼，慢条斯理地说。

我催过他们，没人听我的，他们都是——课代表像弓一样紧张起来，她开始解释，好像收不齐作业都是她的不对。

再催一下，作业总是要交的吧。左辉不温不火地继续说。

女生无声地应着，脸上涨潮似的红起来。她也不走，乖学生都这样，总以为老师还会有源源不断的教训给他们。左辉心中一动，在包里掏了掏，抓出一只锈迹斑驳的铁皮青蛙来。他扭动青蛙肚子上的发条，松开手，青蛙古怪地跳了一下。

拿去玩。左辉已经不记得青蛙是哪儿来的，整理的时候看到，他顺手塞进包，打算随便送给哪个小孩。

拿着吧。

女生有些讶异，她试着伸出手指，刚触到青蛙，它体内的机关嘎嘎转动，它忽然又往前抽动了一下，凸眼球上的彩漆已经剥落了。

这……我不能要……女生缩回手指，说话像蚊子叫一样。

可以玩的，你看……左辉又去拨弄发条。

……左老师，我、我先走了。女生微微扬起脸，轻轻皱眉，然后她低下头迅速地退出去。在门外，她和正闯进来的男生撞了个满怀。

男生旋风一般在左辉面前紧急刹车，他的到来让这房间跳脱了沉静的状态。

我、我忘记、做语文作业，昨天、昨天的、数学作业、太多了！男生大口喘气，像溺水的鱼。

左辉把发条青蛙摞进抽屉，问道：高考语文满分多少?

一百五十分!

数学?

一百五十分……

所以?

左老师，今天我一定会交，真的，我发誓，我知道语文跟数学一样重要，我就是——男生真的不知道怎么表达。左老师在他眼里总是这样温吞吞叫人摸不着头脑，所以大概不是可以随便糊弄的老师。

左辉忽然笑了。

左辉通常很少笑。

左辉几乎不在学生面前笑。

此时，他一边笑一边摇头，他托着腮帮咧着嘴。

形势看似急转直下，男生一头雾水，慢慢地有点发怵。

左老师，千万不要记我名字，千万不要给我爸打电话，我、我今天放学前一定交上来……不是、我中午就送过来、我发誓——

左辉的笑戛然而止。发誓？发什么誓，山盟海誓？

啊？男生吃不准这是不是个玩笑。

打铃了，上课去上课去！去，去……

有点意思，作业这种东西呀。左辉拿起最上面的一本，翻几下就扔了回去。如果男生没有补交作业，今天的左辉也不会去催了。事实是，就在走去教室的半路上，他差不多已经忘记了这件无足轻重的事情。跟他将要去做的事情比起来，这一个早晨实在连鸡毛蒜皮都算不上。顶多一粒灰尘吧。

左辉竖起中指，弹掉了指甲缝里的脏东西，换上一张积极的脸，大力拉开教室前门。

傍晚，左辉正从路口的银行出来。他站在门口，把汇款回执细心地叠好塞进皮夹，那笔钱汇出，他的心就更笃定了。

一个急匆匆的女人和他擦肩而过，左辉看见保安拦住了她，告诉她银行已经下班了。女人挂着失望的表情退出来，无意识地扫他一眼，他后退几步，忍不住回头看了一眼。刚才为他办理业务的窗口已经关上一半，职员起身在整理票据。那是个头发中分的小伙子，左辉连续多看了他几眼。仅在几分钟前，他俩有过一场对话，客客气气的对话。

汇到深圳啊？

嗯。

汇这么多啊？

嗯。

小伙子甚至给了他善意的提醒，让他再次确认不是受到了欺诈。左辉正做着一件很重要的事情，这件事情的重要性远远超过被诈骗的危险，小伙子委婉的耐心反倒给了他极大的认同。怎么会，是正规公司，他自信地回答。小伙子友好地点点头，接过现金，排进点钞机。

左辉出神地站在门口，回头看着小伙子把厚厚的票据夹起来，然后披上外套，从边门走出去了。此时此刻，左辉居然有点不舍得。这么年轻的一个人，他可能还会在这里工作很多年，他还会对所有顾客保持友善的态度，偶尔也会身不由己流露出些许心不在焉……这一切会持续很多年，一年一年过下去。可他再也不会记得左辉了。他再也不会遇见左辉了。这个正在门口回望的陌生人，在一个普通的工作日，偶然地成为他这天最后的顾客。真是一件莫名其妙的事。左辉再次深深地看了他，扭头拉开了玻璃门。

晚高峰的十字路口，像一块播放着巨大音响的电子屏幕，不由分说地轰然摔到人们眼前。大家都挂着那股“糟糕的一天总算过去了”的表情，而对刚跨出银行的左辉来说，石头落地，一颗心便越发坐实，剩下的似乎只有等待了。怀着这种心思，他看什么都是好的，新的一天分明才刚刚开始。

他把电动车的马力旋到最大，破车歪歪扭扭地提速，超越了几辆龟速爬行的汽车。他牢牢握持住龙头，灵活地左冲右突，他揣着别人看不见的念想而忘乎所以，黄昏沁凉的气流好像在眼前一分为二，为他打开着一条畅通无阻的路。

左手边一台汽车毫无预兆地大拐弯靠边，没有打转向灯。后轮几乎擦着电动车斜斜向前，左辉使出吃奶的力气，刹车嘶叫起来，车把被带倒，他的身体不受控制地翻了下来。一记闷响，他还来得及瞥见汽车亮起刹车灯，然后就躺到了地上。

一阵头晕眼花。

有人停了下来，有人看看就走了，有人掏出手机拍照。

更多的人聚拢过来，没有人碰他，没有人跟他说话。左辉还未感到疼痛，首先袭来的是难为情，他为自己以这样的形式暴露在大庭广众之下而觉得难为情。他闻到了泥地的腥味，场面极为难堪，不知道是站起来还是继续躺着。他满脸变得通红，像做了不可告人的事情。最终他试图起身，屁股却火辣辣地痛起来。

咦，阿辉?

有人托住他的腋窝，把他架了起来。

小球皮，下来下来，没事儿！那人拨开围观者，冲车上喊道。

左辉在扶持下摇摇晃晃站稳了。不要紧吧，还认不认得我?那人乐呵呵地问道。

左辉揉着屁股转头，看到这位半秃顶的高大男子，把脸向他压下来，眼镜快撞到自己的额头了……老牛，是你哦。

原来是认识的，围观众人嘀咕着一哄而散。

老牛替他拍拍灰。多少年没见了，啊?

是阿辉啊，这么巧！车门后传来大嗓门，又探出张黝黑的肉脸，眼皮肿胀得眯成一条缝。还以为撞上碰瓷的外地人……这人说着略微艰难地跳出驾驶室，绕到车身另一侧，对着车后轮看了又看。

于是，多年未见的高中同学老牛和小球皮就以这样的方式出现在左辉面前。班长老牛还是高大得像头牛，那股可疑的领袖气质依然若隐若现。差生小球皮名副其实，还是比老牛矮上一个半头，圆鼓鼓的脸面上漂浮着招之即来的笑容。左辉的屁股还在痛，腰也不舒服，但他认为这时候光顾着揉屁股太不像话。

真是巧啊。他边说边抬眼看看二位，弯下身扶起电动车。龙头歪了，用胶布缠住的反光镜完全断了，像兔子耳朵软塌塌垂挂了下来，非常不精神。

小毛病吧……左辉嘀咕着，并没有特别心烦。

小球皮粗短的膀子无所谓地往左辉肩上揽过来，他把左辉拉到人行道上。然后掏出中华，先递给老牛一根，再递给左辉。

不不，我不抽烟。

点一根嘛，压压惊，老牛劝道。左辉便接了，吸了一口，直接吐了出去。

三个人默默抽了一阵。

幸亏是你，阿辉。小球皮把半截烟头扔到地上，狠狠踩灭了。现在开汽车，碰到点刮擦难免的，最怕就是碰到个把外地人……

那不得了，他祖宗十八代落下的毛病都要赖到你头上，甩都甩不脱，老牛说道。

所以都说撞死最合算，一次性赔光拉倒。是不是啦，这社会已经弄不好了！小球皮看向老牛，两人一同哈哈大笑。

跟往常一样，左辉想不出这有什么好笑的。他扔了烟，掸掸背包，放回车斗。

那，要么，我先走了。左辉咧咧嘴角说道。

唉！那可不行……老牛紧走几步，把左辉扔掉的烟头踩熄，拽住了他的车座，同时朝小球皮扬扬下巴。

小球皮绕到左辉另一侧，把电动车往人行道上推。我和老牛本来就约了吃饭的，老同学了，一起来嘛！

那个、我还有事……家里，有点事……

可左辉的婉言拒绝在老同学的面前显得很无力，因为老牛说，阿辉，做人嘛，饭总是要吃的咯。小球皮还说，阿辉，这点面子都不给我，没把我球皮放在眼里咯？那么，便也没什么好争的了。

那晚的酒桌上一定有过一些时刻，左辉放弃了原来的自己，这并不是他的错，而是因为那两个人。他们时隔多年后的出现，他们熟悉的相貌、陌生的举止，给左辉带来新鲜的想象，一度令他产生了从未有过的错觉和勇气，一度令他以为自己也能妙语连珠、豪气干云，喝成一个有用的人，一个能干的人。

阿辉！小球皮又是重重一声呼唤，眼珠子涂了黄油，在另两人间转来转去。那个谁……隔壁班人长最高的，体育课代表，还记得吗？人家了不得，快把他爸的厂子搞成上市公司了，什么叫风光，哎！

球皮你也不赖的嘛！老牛推开左辉的手，给他满上一杯。你看，这小子，谦虚有没有？同我们两个吃公家饭的来哭穷……老牛慢条斯理地，抿抿酒杯。

得，别老在教师同志面前谈钱，庸俗！阿辉，我敬你！小球皮的嗓子一沾酒就变得沙哑，他扯着喉咙，热情得像闹架似的一干到底。

不行不行，我喝不了这么多。左辉紧紧攥住杯子，酒都被他捂出暖意来，刚才几轮他感觉自己冒冒失失，喝得太快了。我本来就不会喝酒。他断断续续力图解释，下腹部有些热腾腾的。

这你就不懂了，酒嘛——水呀，水嘛——老牛像唱歌一样怪里怪气地念起了段子。

喝呀！小球皮打断老牛，得了胜利般把那俩字儿喷到了左辉脸上。

我干了，你不干，这算哪门子兄弟？小球皮摇晃着站起来，把空杯子倒扣在桌子中间。左辉听见杯子发出刺耳的响声，都快要碎了。他向老牛求助般看去。老牛低着头，正在吃菜。左辉只好将目光迎向小球皮，举起酒杯，无声地小抿一口。

这不行不行，不行的！小球皮直嗓子吼两句，沉沉坐下，自顾点了根烟猛抽起来。

老同学一场，阿辉，今天你不干掉，就是看不起我球皮！就是刚才那事还不肯原谅我！

没什么不原谅的，不是那样的，我真不能喝了。左辉感到丹田的热在往下流窜，脚底板痒痒的。他悻悻地松开酒杯，辨不清小球皮是委屈还是怨愤，那委屈或怨愤到底是真是假。

老牛站起来了。干干干，我陪一个！他仰头喝掉杯中酒，把杯底向左辉一亮。够意思吧，阿辉？

小球皮抬眼瞅瞅说道，这面子够大了吧？他和老牛的炯炯目光皆期待地射向左辉。这一刻，酒好像不再是酒，而是做人，是品性，是江湖，是顶天立地的崇高事情。

环顾左右，席间一派死寂。左辉再不喝酒，这顿饭估计就毁在他手里了。他尴尬地端起酒杯，放到嘴边，咽下一大口。对不喜喝酒的人来说，辛辣液体流过食道的滋味实在不愉快。他皱起眉，勉力把剩下的一饮而尽。

好兄弟，爽气！小球皮豪迈地走到左辉身边，扶着他的肩，又给他满上。他的脸膛油光光，肉类菜肴的气息从满嘴酒气中顽固地飘散出来。哈哈，吃菜、吃菜，服务员，再拿两瓶！

一阵迅疾的眩晕偷袭而来，像潮水漫过左辉的后脑勺，他眼神渐渐迷离，绷紧的肌肉全部松弛下来。他看到小球皮在服务员的大腿上扭了一把，那姑娘娇嗔着“老板”跳起来，他看到老牛把所有的酒都开了，所有的杯子都满溢而出。左辉先是抽抽嘴角，感觉不错，便索性咧嘴大笑，这笑叫他展露出和他俩一样的表情。当他卸下抵抗，融入其中的顺畅感才油然而生，仿佛真的遇上了久别重逢的弟兄，这样的时刻，大家如此自然而然地守在了一起——酒，是个好东西，左辉不免得承认。

口袋里的手机振动起来。

一条短信：“左辉，你居然给我写信？”发件人显示“小安”。左辉恍惚一惊，慌张地退出短信页面。揣着手机过了一会儿，又进入短信页面，偷偷再扫一眼。没错，真的是小安。

我自己来！老牛抢过小球皮的酒瓶，酒却怎么都倒不进杯子。浪费，太浪费了！小球皮大声嚷嚷，扑过去想把酒瓶夺回来。

小安，左辉摩挲着手机，心里念出了她的名字。

半年前他在街上遇见小安，那是高中毕业后他第一次见到她。那天很热，阳光充足，小安没有打伞，她裸露的手臂和小腿白得发亮。

“我为什么不能给你写信？”左辉发过去。那头沉寂了，好久没有回过来。

自从他打定主意之后，就非常想给她写封信，也没什么，和从前一样聊聊天，说说话。那是一封这个年代里真正的信，钢笔写，字迹比印刷体还要端正，塞进牛皮纸信封，贴上很多年前发行的旧邮票。只是左辉走遍小城都没有找到一个邮筒，本该有邮筒的地方都摆上了垃圾桶，抱着最后一线希望，他去了邮局。在工作人员指点下，他把信投进了大厅角落唯一的邮筒，这看上去仿佛是世界上最后一只邮筒，上面还贴着每日的开箱时间。信寄出后的很长一段时间，他经常想象小安低头拆信的样子，心里有一群蚂蚁爬过。以前的她习惯眯着眼睛，还微微皱眉，那副样子他曾见过无数次，那副样子一定从没变过。

短信回过来了。“怪怪的，你怎么这样，什么意思？”

左辉便有点蔫儿。他举起酒杯，在小球皮面前一晃，什么也不说，主动地干了。

眩晕感加强了，此时好像说什么都没关系。“怪什么，我在跟你老公喝酒呢！奇怪吗？”他不假思索地回复道，慢悠悠地夹了一大口菜。

小球皮的电话响了。老牛举起食指，对左辉做个“嘘”的动作。

嗳，囡囡乖，作业做好了没有？告诉妈妈，爸爸和同学吃饭呢……没喝酒呀……嗯嗯，爸爸马上就回家了噢……小球皮停顿了一会儿，恢复了成年人的口吻……没事，就是和同学聚聚……呶，就我们高中同学啊，老牛，噢，还有左辉，你还记得吧……嗯，知道了，知道了，一会儿就好……小球皮放下电话，抹抹嘴。

哟，老婆查岗哪？老牛笑问。

什么查岗，多难听，我们家小安管这叫关心，懂不懂……小球皮说道。

还是阿辉想得通，单身赛神仙！老牛朝他挤挤眼睛。

唉，阿辉，男人嘛，总要有个女人管管，兄弟我过来人，这话我还不跟别人说，被管起来的味道、有时候还蛮好的……要不要、兄弟给你做做介绍？小球皮嬉皮笑脸说着，舌头都肿大了。

阿辉，真的、还没有女朋友？讨老婆嘛，要求不要太高，差不多就行了……见左辉不搭话，小球皮又追问，唉，你不会喜欢男人吧，哈哈哈……沙哑的嗓子笑起来居然有点像在哭。

对了，我们读书的时候，阿辉好像喜欢小安那种类型的吧？老牛仿佛忽然想起了什么，口无遮拦地说道，一边还笑眯眯地拐过肘子推了小球皮一把，不会是在等你们家小安吧？嘻嘻……

听见这话，左辉握住兜里的手机，一言不发。小球皮好像什么也没听见，收住了笑声，自顾点了根烟。左辉挥开眼前的烟雾，低低咳了几声。

唉，喝酒喝酒……老牛有点没趣地打破冷场，似乎是出于好意才这么说。

小球皮脸上本来就熟透了，此时更是看不出表情，他抖着手举杯向老牛迎上去，一多半酒都洒了。

老牛啊，你是不知道，我们家小安娇生惯养惯了的，要她朝九晚五地上班跟要了她的命似的，你说我能说什么呢，只能说那咱辞职不干了在家待着！我们做男人的也只能辛苦点多挣点，把老婆好吃好喝地供起来……啊……什么都她说了算，她要什么都给，你说我好不好……你说我容易嘛我……小球皮竖起个食指，不断点着自己脑门儿，通红的脸膛却对准了左辉。

老牛多次试图抓住小球皮的手，都被他挣脱。

阿辉！我、我告诉你，只要是个男人，啊、他就不能让女人跟着他吃苦，否则他就是个窝囊废！啊、记着兄弟我这句话！小球皮扯着上身，手臂越伸越长，简直快要戳到左辉脸上去了。

一直低着头的左辉忽然抓住小球皮的手，用力地推了回去。小球皮瘫坐回座位，他被这出其不意的举动吓了一跳。

左辉动静很大地站起来，他一手撑着桌子，一手举着杯子，他当着其余两个人的面，一声不响仰头开始喝，他凹陷的腮帮一鼓一吸，酒从他紫红的唇角边一滴滴流下来，把前襟都打湿了，这种“干就干了跟你们无关”的喝法让他再度变得紧张而富有敌意。老牛和小球皮竟一时也说不出话来。

空杯子被重重地扣在桌上。左辉抹把脸，嘴角浮起淡淡笑意。他跌跌撞撞坐下去，慢吞吞说，小球皮，老子不稀罕你老婆。

这句话说得理直气壮，仿佛他已经稀罕过了后来又不要了似的。

小球皮一推桌就要蹦起来，被老牛抱住了。

你们懂个鸟，老子、老子什么都不稀罕，老子要——左辉咽咽口水，强压住喉咙口翻江倒海的气流。老子老早写信告诉你老婆了！跟你们、跟你们说了也白说——

有种就说出来听听。小球皮阴沉地说。

你们懂个屁！

懂个屁也比你懂！

老子我，要——去火星了！左辉瞪着双眼，笑得像个侠客。

在他的笑声后面是一片沉寂。这沉寂很短暂，短暂得没给对方什么尊重。

接着老牛爆发出更大的笑声。老牛笑得气若游丝，他用手指指天花板，噘着嘴说，火星？火星？你确定没有搞错？

它在哪儿呢？小球皮冷笑着发问，好像在关怀一个小学生。

没、没想到吧？哼，跟你们讲讲也不要紧。这、叫移民火星计划，我的申请、已经全部、全部通过了——这些字眼酝酿了几个日夜，此刻却轻易地从他嘴里飞出来，脑袋里的眩晕感让他的身体像是漂浮在棉花上，一切都轻飘飘的。

阿、阿辉，哈、哈哈，你、这、这你也太能搞笑、笑……老牛口齿不清，差不多趴在桌上了。

神经病，喝多了吧，傻逼！

小球皮大骂一句愤然起身，椅子被撞翻在地，他撩起杯子就朝左辉扔过去。

半空中的玻璃杯折射着橘色灯光迎面飞来，仿佛慢动作镜头一样，在左辉眼前划出美好的运动弧线。左辉闭上双眼，微微侧头，想象着自己是失重状态下的武林高手，举止轻盈简洁。哐啷，杯子擦着左辉的耳朵砸在墙上，毫无保留地碎了满地。一切戛然而止。

左辉毕竟不是武林高手，待他睁开眼睛，发现自己已经瘫在了地上。

只要左辉准时出门，每天都能在这个路口遇到红灯，今天也没有例外。

新换的刹车很紧，双脚不禁要多用些力才能抵抗惯性，稳稳地停下来。反光镜也换了新的，像一双神气活现的招风耳，这是修车行老板的推荐，全景式大视野，骑车人的福音，左辉只要稍稍瞥个眼，就能看见背后大片的景色。寥寥无几的行人从前面斑马线经过，他非常没有必要地把帽檐往下拉，生怕被谁认出来，当然天气也确实冷寂。在太阳尚且缺席的清晨，灰蒙蒙的马路上，排排紧闭的店铺之间，红绿灯有规律地成为唯一的亮色。

和高中同学聚餐后的第二天，左辉就登上了小城日报的社会新闻版，《县中教师醉酒闹事 扬言即将移民火星》，洋洋洒洒的春秋笔法。那晚后来的事他记不得了，但据那篇报道说他是被110警车送回家的。

据说警察赶到时，他正扭着胖同学的脖子告诉观众们火星在什么地方，据说同学背上全是他的呕吐物。他一开始死活不肯上警车，他说他就要移民火星了不可以去坐牢，警察说不是送你坐牢是送你回家，他才上车。在警车上他使劲儿跟警察列举火星上可能存在生命的证据，以及庞大的人类移民火星计划。鉴于他受人尊重的灵魂工程师身份，在新闻最后，记者善意地发出“请勿过量饮酒”的忠告。

报纸被左辉小心地折好，和所有没来得及处理掉的杂碎一起，躺在了抽屉里。他私底下反复看了报道无数遍。“扬言”，这么个词，什么意思，哗众取宠。还有，这里头喋喋不休的人是他吗？真的吗？扭住小球皮不放的人是他吗？和警察谈笑风生的也是他吗？所有这些像插队一样硬塞进来的事实经过，完全不像事实啊。

而左辉知道的事实是，当他看到这家名为“火星一号”的公司发来的邮件时，确实心动。邮件里说本公司将在全球范围内选拔移民火星的人选，最终计划在一百年内建立小型规模的火星城镇。“地球是人类的摇篮，但是人类不能永远生活在摇篮里”——邮件末尾的这句话感染了左辉，他好久没看到这么有内涵的话语了，也已经很久都没法被什么事情打动了。那刻，他仿佛看到一扇窗徐徐打开，高悬在天际，有光投射在他心里某处湿润的土壤，有些蠢蠢欲动的种子正在发芽。

经过深思熟虑，左辉提交了申请，说明自己身体健康，富于冒险精神，有变废为宝的创造力，也没有家庭负担，真诚愿为人类定居火星做出贡献。申请发出后的第二天，左辉赶早起床的时候就觉得有点异样。虽然依旧困得要死，往常那种倦怠却悄悄地不见了。这变化来得着实有些快，连他自己都陌生无比。

那天开例会，新来的书记做报告，题目叫“教师的价值观”。书记规劝所有老师，必须树立起正确而有效的价值观。那些被他形容成稀里糊涂混日子的人们，仿佛就是为了印证这些批评而存在的，他们在一整天疲惫的工作后，东倒西歪地打着盹儿。左辉也昏昏欲睡，却不时被书记的铿锵语调叫醒，他支着头扭来扭去，怎么都找不到一个舒服的姿势。很突然地，那股从早晨醒来就盘旋着的、黏糊糊而不寻常的情绪彻底攫住了他。

被话筒放大的声音钉子似的敲进脑壳，他再也坐不牢，心一横站起身，原来这并没有想像中那么难。从一排排的膝盖间往外挤，依次把大家都弄醒了，他拖动着背后的无数双眼睛，经过主席台的时候，也没有往上看一眼，一直走到门外，都没有任何慌不择路的样子。那天起，他就再没有听过报告。不去开会也不上课的空档，他会象征性地望望天，虽然他不知道名叫火星的行星在哪个方位，冥冥无边中，却也明白它该是在等待他，于是便耳根清净，受用极了。

这样的状态持续到某一天，左辉接到个长途电话。铃声响起的早些时候，他摸着手机，大概就有预感。看到来电号码前缀着的陌生区号，他就知道，没错，一定就是那个等了很久的电话。

喂。

Hello！请问是左先生吗？

嗯，嗯。

Hey，您好左先生！我们是“火星一号”中国地区总代理，很高兴通知您，我们已经收到您的申请书。对方是个年轻女子，她操一口蹩脚的闽粤普通话，无数的不翘舌音粘连着嗞嗞的电流声涌出来。

哦……是，你好。左辉拨弄着口袋里一团皱巴巴的纸巾，就像面对面一般，有些小小的紧张。

并且祝贺您，左先生，您的申请已经 pass，我和我的同事们都和您一样高兴！

真的……？

现在我需要和您 check 身份信息，您的姓名是……女子的话里又夹上英文，这是她在此类电话中必须呈现的风貌，一切必须尽量国际化。国际化以致令人信服，卸下防御，便于交流。一切听起来都似乎是远涉重洋，并且风尘仆仆地来到了他的面前。

这对他来说，太新鲜了。富于力量、充满弹性的词语，偶尔夹杂几个英文单词，像熊熊燃烧的小宇宙。虽然左辉不太懂，银闪闪的未来感却也满当当地扑面袭来，这在他生活的周围极为罕见。

没有家庭成员，对对，也没有直系亲属，是的。

Ok，左先生，我们会尽快把您的表格发往欧洲总部。

左辉仿佛看见他和盘托出的一切被翻译成另一种文字，鼠标轻点，乘着互联网的翅膀，漂洋过海去到另半个地球，左辉的名字会以一种古怪的发音方式在另一种人类的舌尖呈现，这实在太神奇了。微不足道像他那种人，从来就不知道“出人头地”四个字怎么写，却也有这么一天，比中了彩票还要幸运百倍，这实在太神奇了。

最后还需要您做一件事。公司有规定，申请 pass 后须缴纳一笔预付金，您可以在一周内通过银行汇款至我公司相应账户，逾期不缴则视作自动放弃。

没有回应。

左先生？对方小心翼翼地问道。

好好……左辉在房间里一圈圈地踱步，他的手挠着头皮捂着嘴，那些兴奋的想法叫他脑袋像上了膛似的，没法再思考别的东西了。

账户信息稍后会以短信形式发送给您，谢谢您左先生，祝您愉快，bye！

噢噢，bye……左辉回过神，学女子的腔调说了再见，对方已经挂断电话。

结果，左辉刚交了大笔预付金，就出了那种事，他的小秘密就以这猥琐的形式公之于众。

不就是喝高了，谁还没有个喝醉的时候。

左辉，要注意学校形象，这种酒后斗殴的事情不允许发生第二次，校长说。

不想干了辞职呗，至于说这种狠话，撒什么谎嘛。厉害，上头条爽吧。牛人，看不出来还是个天文爱好者咧，同事们纷纷说。

待玩笑够了，而他打算认真解释的时候，他们就把话题岔开了。上课啦，改作业啦，倒个水去趟洗手间啦，像要避开什么似的一个个全走掉了。当然不会有人和他聊聊火星的事儿。无数次，当在课堂上被知识灌输到某种麻木程度时，他都想强迫自己停下来，和同学们聊聊一颗叫火星的行星。有一次他总算找到机会了。

那天要讲的课文恰好叫作《我们头顶的灿烂星空》，他在课堂上投影了太阳系的图片，八颗行星像花生米撒在太阳周围。

我们一起来看看地球在太阳系里的位置，他指着地球说道。

离地球最近的行星是哪颗呢？同学们有谁知道？

没人理他。这个班级以前不是这样，再乖的学生，也爱七嘴八舌说几句的。

是金星，金星又叫启明星，这个名字大家应该很熟悉吧？

讲台下面，大部分人低着头。抬头的那些，也懒散地猫着，随时有放弃听讲的打算。

他也不管，继续说下去。除金星外，离地球最近的又是哪颗行星呢？

这个问题问完，他就挺得意的，想要甩出来的话题迫在眉睫了。所以他故意停顿了比以往更长的时间，试图把答案揭晓前的紧迫感延长一些。

是什么呢？谁知道？他追问。下面依然没有反应，这实在过分。

还文科班呢？你们地理怎么上的？左辉愠怒了，他把粉笔往讲台上扔，粉笔弹跳下来，掉在前排女生的脚边，断成了好几截。

火星。女生垂眼轻轻说。

对，就是火星！左辉赞许地看她，虽也记不得她的名字。

大家了解火星吗？大家知道火星上有一架探测车吗？火星上到底有没有生命呢……左辉命中准星，越来越亢奋，迫不及待要把他积累了很久却无处倾诉的学问倒出来。

现在还没有！教室角落发出响亮的回答，打断了左辉。

什么？

谁？怎么说？

老师，我说火星上现在还没有生命。一个男生伸长脖子，调皮地眨眨眼，对着左辉扬起下巴。

但是火星上很快就要有生命了！男生推搡着同桌，憋不住说出来。

啊？左辉语塞。

就是老师你！随着不知是谁的一语道破，全班哗然，所有的胆子都释放出来了。

老师，我们知道你要去火星！

班主任说你以后不能给我们上语文课了！

老师，这是真的吗？

老师，你在吹牛吧？

每张嘴都在对他说，每张嘴也都在互相说，一时之间叽里呱啦，有人拍着桌子，有人使劲跺脚，教室像煮开了一锅汤。

左辉脸上挂不住，红红白白变换着颜色，他努力想说的话，一出口便淹没在几十个人的喧闹里。这座站了多年的讲台，堪比悬崖。每回抬头，都迎来人群的波涛汹涌。往常他总能拿出历练多年的威严，把未成年人雀跃的心思压下去。可今日，那未完成的秘密已经把他和“老师”这个称呼隔断了。

他手里紧攥着备课本，本子里夹着段特别的文字，是不久前为火星而写。他和别的语文老师一样，走上工作岗位后就没写过几个发自肺腑的汉字，但现在他居然为一颗行星抒了情。

“火星是太阳系的行星，在广袤的银河里，它和所有行星一样渺小得微不足道，但当你走近它，你又会为它独特的气质所折服。火星之所以得名，是因为它有橘红色的外表，如同熊熊燃烧的烈火，它稀薄寒冷的空气中充满着沙尘暴，远远地观望，仿佛在星球表面蒙上了一层薄雾般的面纱，古人认为这颗星星的色彩和光亮令人迷惑，于是称其‘荧惑星’，取‘荧荧火光，离离乱惑’之意……这颗荒凉的星球有着和地球相似的生存环境，它就像一把火炬在激励着地球人，在向他们招手……”他考虑过给同学们念一念，甚至索性将其附在辞职信后面。可他想不出会有现在这一幕，少年们渴求的眼神贪图的仅是越来越多的睡眠、笑点越来越低的段子和无极限上升的高分，头顶上那点邈远的事情，真正叫作天方夜谭了。在他眉宇之间，浮出一个界限分明的空间，双眼逐渐隐没于其中。他把本子越攥越紧，直到指甲穿透纸张扎进掌心，直到确信那段话已经皱缩到面目全非。

一辆转弯的汽车鸣叫着，在左辉身前绝尘而去。红灯跳动，熄灭，黄灯随之而起。

在他即将离开的时候，运钞车如期而至。一身黑衣的大汉背对街道，指挥汽车小心倒上人行道。有人掀开车厢门，有人搬出铁箱子。大汉转过身来，面朝清冷的街角，脸被钢盔紧紧箍成满溢的一团。这可笑的形象丝毫不影响他庄重地站立，手里有枪，这是他一如既往的秘密。路人甲乙丙丁在斑马线上一阵疾走，左辉跟随着他们，徐徐开动。

在簇新的反光镜里，运钞车旁巍然屹立的身影越来越小。在所有一切的后面，就在后面，更远的天幕上，昨日隐退的恒星悄然跃出，仿佛橘红的蛋黄，在云层的褶皱里一丝丝地拔出没有温度的光线。

屋顶上的男人

我住在公寓房的顶楼，楼顶上有一个狭长的露台。

我习惯每天黄昏的时候，到露台喂狗。

狗是一条丑陋的黄狗，耳朵半耷，毛色黯淡，眼神也比较猥琐，每天就吃点我碗里的残羹冷炙。我不明白为何还勉为其难地养着它，可能因为这是前妻留下来的唯一活物。她还在家的时候，黄狗被照顾得很精心，毛色水润亮滑，屁股也圆滚滚的。某一天她离开了我，什么也不带走，什么也不留下，甚至没有给我留下一儿半女，只留下这条狗，我满肚子怨气，无心去照顾一条狗。狗在我手里有一顿没一顿地勉强度日，日渐憔悴。现任老婆伶牙俐齿，她带着嫁妆进门的时候，上到楼顶，看到这条狗，只说了一句话：喂成这样，杀了能有几斤肉？因为这句话，我心里一凛，便尤其注意着不能让它死掉，可我却不知道怎么对待一条狗。我很没用，我怕现在这个能干的老婆，要是我对狗像对人一样好，就要被老婆骂。我不明白前妻为什么不把狗也带走，非要留下它来折磨我。

有一天，我在外面喝酒，回家很晚。老婆端出碗剩饭，说去喂狗。我借着酒劲说你不能去喂啊？她说，又不是我的狗，给它顿吃的不错了。我幽幽看她一眼，心里有点莫名的凄凉。走上露台，黄狗哈着粗气地迎接我，我讨厌这种不声不响却涎着口水的丑态，一副逆来顺受的鸟样，把剩饭往狗盆里一倒，就走开去了。夜深了，露台上没有灯只有天光，也很安静，只听见狗舌头扒拉着饭粒发出哗啦哗啦的声音。我掏出烟点燃，无所事事地等待着。

我就是在那时，注意到另一个男人的。当时的天色，微微透亮，我先听见有阵鸟类扑腾翅膀的响声，猛然看到他盘腿坐在这幢楼房另一端的屋顶上，若隐若现像只有着黑色剪影的巨鸟。我扔掉烟头，三步并作两步冲过去，一道排水沟挡住了我。我在这边的屋檐下向他喊话，我说你在那儿干吗？快下来！男人本是抬头望天，现在向着我转过身来，脸上什么表情都看不清。他大声说，我在放鸽子。

我才意识到那阵扇动翅膀的声音，原来是一群鸽子。它们大概有几十只，飞得并不高，一遍遍地掠过屋面，把人眼前的微光遮住又拉开。鸽子半夜不睡觉啊？我问。

那人噌地站起来，在斜坡瓦片上紧走几步，身手敏捷地跳下来。只听得一声尖锐的口哨，整群鸽子像变魔术一般，和他同时消失在屋顶的另一侧。剩下我光秃秃地站着，我觉得他太没礼貌了，但隐约间，又有点不知所谓的兴奋，仿佛被他半夜蹲坐的姿态撩拨起了什么。

那是我头一回遇到这个男人。后来，我开始有意无意地推迟喂狗的时间，有时，甚至就在露台上度过大半个夜晚。我说不清在等什么，我再也没有遇见过放鸽子的男人。可不打紧，反正我也没什么事情好做，起码上露台抽根烟肯定比陪老婆看无聊的电视剧要轻松得多。电视机这个东西是把人往傻里整的，一旦老婆打开电视机，我就开始头昏。在露台上就不一样了，身后门一关，柴米油盐的气味就关在了里面，而眼前，整个白日不曾细看的小区安静地摊了开来。

最近几个星期，我甚至养成了到露台来抽事后烟的习惯。成年人都知道事后烟就和那件事一样，通常是在床上解决的。要是男人跑到屋子外面抽事后烟，说明屋子里面的事情肯定出了问题。跟现任老婆结婚一年多了，她的肚子还是没有反应，这就是我们的问题。老父母在我前一段婚姻里熬白了头发，在这新的一年里又失望得愁眉苦脸，社会就是这样，最后连亲戚们也在或明或暗地暗示着什么，这便让我越来越像交不出作业的后进生，实实在在地对做那件事情失去了兴趣。失去了兴趣却还是要努力耕耘，这又让我觉得自己非常像是为了考大学而勤奋学习的中学生，老婆也进而越发变得和数理化课本一般的面目可憎。于是走上露台呼吸一口新鲜的空气，吐出几口污浊的烟气，变得理所当然，是个小小的解脱，为此我要暗自感谢放鸽子的男人。

照例还是黄狗喘着粗气迎接我，可我常常看也不看它一眼，它也就很知趣地退到角落，并不吭气。靠着栏杆，我一边抽烟一边往下张望，每天的景色都相同，开始是乌黑一片，渐渐像水渍般渗出灰蒙蒙的草木阴影，和路边停着的汽车轮廓，再努力，还能分辨出灰白的小区道路，白得有硬邦邦的感觉。大概是我看得太久了，烟屁股烧到了手指，我一哆嗦，烟头掉进了空中，隐约听见它落地的声音。

我探出上半身，把自己搭在栏杆上，然后想象安静的午夜时分自由落体在这样的水泥地上会发出什么声音，据说跟平摔在水面上是一样的，只是激不起水花。如果我降落得不够准确，掉到了路边的绿化带里，那又将惊醒多少沉睡的虫豸。我曾经见过六楼上的一只麻雀，突然纵身跃下，直线坠落五米后，才展翅轻轻掠过绿化带，滑翔而去。从此我特别羡慕这种玩法，可惜自己长不出一对翅膀，所以我终将输给万有引力，生硬地掉在地面上，发出破碎的巨响，突兀地掉进无数幸福家庭的美梦里，使其在后半夜带着不清不白的怀疑醒转，发会儿呆，接着再沉沉睡去。

一阵毛茸茸的热气吹在我的脚背上，低头看去，黄狗不知何时来到脚边，咧开嘴看着我。发现我注意到了它，它索性站起来，拿身子往我腿上蹭。有几根粗硬的短毛钻进了裤子，戳在皮肤上，温热的摩擦发出嗞嗞声，我从没习惯过这类接触，我头皮发麻，忍不住一脚踢飞了它。在黯淡的天光里，狗隐约像条灰黄的布袋瘫在墙脚，却还是一声不吭。

不要踢了。身后响起了一个声音。

我猛然转身，看到男人站在排水沟的那头，身材魁梧。他的出现和那日没礼貌的失踪一样没头没脑，想到这点，我实在摆不出好脸色。干吗呢？我踢我的狗，关你什么事……后半句话被我讲得轻轻的，底气不足——他的脸逆光，看不清五官，背后飞出鸽群的剪影，像末日的神，令我不由自主地胆怯。

我看见你踢它了。他依旧不紧不慢地重复。

哦。我只好点点头，心里才不以为然。

你要对它好一点，没有东西会像狗那样顺从你，人就更不会了。

我有点讨厌他那副一开口就跟陌生人慢条斯理说教的嘴脸，但嘴边却谦卑地微笑。我说，看起来，你对养狗很有心得？

他扶住围栏，轻松翻过排水沟。狭长的露台上，他从我边上擦过，来到黄狗旁边蹲下来。角落的黄狗望着我一动没动，见生人走近，它瑟缩地抖起来。那男人朝它伸出手去，它把头后仰，喉咙深处发出咕噜噜的低吟，嘴唇略略一皱，后腿作势好像要站起来。敢这么凶！我抢上前去还想给它一脚，被男人拉住了。

它太紧张了，都是你无故踢它让它害怕的。男人说。

它这么凶，牙都翻出来了！我辩驳。

你太不了解狗，这是害怕的自卫。一条健康的狗从不会无故进攻人，除非它受过虐待。

你怎么知道得这么清楚？

他并不作声。不知怎么回事，黄狗已经不再发抖，男人的手抚摩着它的下颚。你可以拍它的头，摸它的下巴，搓它的耳朵，它就会跟你好的。男人侧过脸对我说，牙齿在夜光里白白的。

都是养鸽子养出来的经验？我揶揄道。

他站起身来，撩过挂在脖子上的哨子一吹，刚才始终在我们头顶盘旋的鸽群，哗啦啦地像把豆子散落在了屋面上。男人靠着栏杆，天空在他背后，我还是看不清楚他的长相。

鸽子跟人不亲，因为它们是飞的，飞得越高离人也越远。

狗跟人亲，因为它们是走路的，走到哪儿都跟着人？我模仿了他的句式，掏出口袋里的烟，笑着递给他。

他犹豫地接过去，隔了几秒钟，也轻轻笑起来。笑声在喉咙里湿漉漉地滚动，一会儿就没了。打火机亮起的瞬间，我看到满额头的皱纹和眯缝着被火光刺激的眼睛，他俯身点了烟，挡风的手掌在我的手背上轻轻拍了拍。这是通常的一种向对方替你点烟表达谢意的动作，这个小动作让我忽地有了亲切感，好像是浪迹江湖萍水相逢啊。他说，没错，就是这么回事：

当然不骗你，我也养过狗，养过很不错的狗。以前当兵在部队里，我就是训练军犬的。每个人都负责带一条狗，跟着我的是条德国牧羊犬，你大概不知道，就是别人常说的狼狗，黄色的，背上是黑的那种，站着比人膝盖还高，很威武。部队里的狗都有编号，可我给它起了个名字叫“闪电”，这样听起来就亲切。闪电跟了我三年，都是和平年代，我俩没有执行过一次任务，偶尔有些技能比武，但我们的成绩总是排在后面。闪电是条特别的军犬，因为它不大像军犬。它不擅长奔跑，速度更是与闪电不搭边，攻击性也不够强，训练的时候，常常对着扮作敌人的战友摇尾巴。尤其是跳火圈，它常常在火圈下畏畏缩缩，稍不注意就从边上绕过去了，打也好，骂也好，食物引诱也好，闪电很少买账。战友们时常开玩笑，说闪电迟早要被清退，放到民间去看家。但我不这么想，与其说它资质平庸，不如说它把一切都看得明明白白。闪电知道训练中的坏人都是战友假扮的，它就不凶，它也知道，就是火圈跳不过去也不会饿死它的，跳过去不怎样，不跳过去也不怎样，都没啥意义么，所以它就不高兴跳了。一条狗知道这点那真是比很多人还要聪明了，太聪明的狗就很有主见，服从性就不好，部队这样纪律严明的地方就不适合它。我知道它总有一天要被送走，想想它的归宿，最好是在某个善良人的家里做条衣食无忧的宠物狗，这它一定很擅长，因为它总是能在我身上替自己找到各种蹭痒痒的地方，偶尔还肚皮朝天向人撒娇。我退伍那天去和闪电告别，它叼着我的提包死死不放。你要是亲眼见到，就会跟我一样意识到狗比大部分人靠谱多了。

男人一口气讲了很长一段话，脚边的烟头扔了好几个。我看看自家的黄狗，不置可否地摇摇头说，我这条是土狗，不至于这么聪明。

外行人就知道说这种话，狗的智商跟品种关系不大。我退伍后也养过一条土狗，路边捡来的，照样好得不得了。男人微微提高了声调，显得异常兴奋。

大哥你还挺厉害的，懂这么多。

男人打个呼哨，黄狗哈着热气朝我们走过来。我要回去睡觉了，他潇洒地一摆手，又从排水沟那边翻过去了。

那条土狗呢，现在在哪儿？我追问。

死啦，早死啦。他爬上屋顶，很快就和那群鸽子一起在另一侧消失掉了。

我回到床上的时候，老婆已经打起了小呼噜。只要我在家，她总是不会管我在干吗的，我就是在露台待得再久，她也不会来找我。我翻身盖被子的响动，把她弄醒了。她迷迷糊糊地问我，那么久在干吗呢……我本来不想回答的，反正她再翻个身就又睡着了。可不知怎么搞的，这回我偏偏跟她说了隔壁顶楼那个放鸽子的男人。没想到她就那么惊醒过来了，她说，那个男的啊？养鸽子那个？他坐过牢的！我说我都住了那么久怎么就没听说过。她说我刚搬进来时就听楼下小店的说过了，你这种人怎么会跟那些大妈打招呼。我没作声，她又说，半夜放鸽子，太不正常了，你少跟这种人来往。

天气开始变暖了。我又在洗手间里看到带血的卫生纸，这女人的月经像水电费通知单一样总是如期而至，次次都如同鲜红的惊叹号敲在我的脑门上。除了更卖力地耕耘外，不知道还能怎么办，我俩在床上的活塞运动早就变成了纯机械运动，遵循着启动磨合加速增压停止的过程。从前我偶尔会跑出去跟兄弟们喝顿酒，现在变成隔三岔五地就要喝一点，不喝好像就睡不踏实。这天我又跟往常一样拎着几瓶啤酒往家走，有人迎面过来，跟我打了个招呼。这人穿戴整洁，上衣塞进了长裤里，还拴着皮带。他的声音掺了沙子一样嘶哑，他说，你夹着手榴弹哪里去啊！我诧异地笑笑，没认出这是谁。

那阵子，我开始闹失眠，我给自己想了个办法就是半夜上到露台喝点酒，好几次都没碰见那男人，他也不是每天半夜放鸽子吧。我弄了个小凳坐下来，把几瓶酒开了并排放好，黄狗已经默不作声地走了过来。在放鸽子男人的教诲下，我试着与黄狗接近，竟然也慢慢地体会到某种非人生物和人之间千丝万缕的联系。我往嘴里扔花生米，也会扔给它几粒，它囫囵吞下后就盯着我，我也盯着它，它会立刻乖顺地低头，从喉咙里发出咕噜噜的低鸣，好像半真半假地在撒娇。每每此时，我都觉得它比我屋里的老婆更像女人，沉静温柔，不言不语。我甚至认为它配有个名字，可我已经忘了前妻是怎么叫它的，于是还是喂喂喂地使唤它。

我朝它扬扬手里的酒瓶说，嘿，晚上有点凉啊。它摇摇尾巴。我喝下一口，它还摇摇尾巴。而只要我一招手，它就马上把头蹭过来了。好像不管我在做什么，它总是在那儿，脚边、墙根、某个容它栖身的所在，搞得好像我认识世界上的很多人，它却只认识我一个似的。我会有这样的想法实在是很奇怪，没多久之前我还对前妻留下的这条狗感到厌烦呢，而现在我却相信了养鸽子的男人告诉我的，狗比人靠谱多啦。

许久，黄狗忽然站了起来，冲着天空吠了一声。几乎就是同时，我又看见了久违的鸽群，呼啦啦地从屋顶上盘旋起飞。不用看就知道我的脸上带着笑意，往屋顶望去，男人不出所料地出现在上面了。

我向他挥挥手，他说你这酒原来是留着半夜喝的。我才恍然大悟在楼下碰到的就是他，可大白天的怎么就认不出他呢，我心里想可嘴上没说，倒是更热心地走过去，我邀请他一起下来喝酒。他坐着没动，整个人又是黑漆漆的一团，我有点没劲。就在我转身要走的时候，他开口了，他说，你也爬上来，这上面什么都看得清楚。他语气平静，略显粗糙，此刻却隐含着神秘和诱惑。反正我没事，也睡不着，我夹着酒瓶，搭住屋檐，也上了斜面屋顶，走到屋脊上，我才算站稳了。黄狗冲着我压低了嗓子呜呜地叫起来，因为我立得那么高，像真的立在全世界的屋顶。我看到一切变得更小的物体，张开怀抱，顺序铺展在楼底，抬头夜空深邃辽远，灰茫茫的云雾渲染出水墨的效果，鸽子成群掠过，扇动起单纯明快的一阵风，翅膀的羽毛尖端好像已经拂过了面庞。

我沉浸在这奇妙的感受里，像是陷入莫名其妙的梦境——暗夜里的一切，都是与众不同的。直到他开口说，知道我为什么要半夜放鸽子了吧。

现在我离他不能更近了，他的眼睛深深的，比头上的天空还要黑，在他的脸颊外侧，隐约呈现出一条疤痕。疤痕并不深，却和周围皮肤有明确的反差，当他像这样侧着脸的时候，阴影就更浓重了。我递给他酒瓶，他爽快地接了过去，仰头就是一大口。

晚上还凉，喝啤酒有点不是时候啊。他说。

我没搭理，反而努努嘴，我说这条疤怎么弄的？

被人打的。他回答。

在牢里？我控制不住地问了这一句。楼下有辆晚归的汽车，打着大灯驶入小区，黄狗又无缘无故地吠了一声。喂！我冲狗喊过去。

这狗比以前听话多了，都是你的功劳。我把话岔开去。

没想到他轻轻笑起来。我是进去过的，不是牢里，看守所里关了几天。

当兵前？

是后来。

我退伍回来，待了几个单位都不如意，你也知道，那种人事关系跟政治一样复杂，麻烦得很，那时候年轻，血气方刚的，索性辞职自己干，去菜场租了个熟食摊，结果搞到现在还是个卖熟食的，没本事干别的。那会儿还没养鸽子，婚都没结，就养了一条狗，跟你提过的那条土狗。狗是菜场附近捡的，灰不溜秋一小只，称不上有长相，和我一样，属于放在哪里就消失在哪里的类型，总能和环境融为一体变成背景，不出挑。白天开店的时候，我把它带到菜场，晚上收摊的时候再把它带回家。它就跟菜场门口那些没人要的流浪狗一块儿，自由地在小范围面积里走来走去，到点吃饭了再乖乖跑来。现在有些人一说养狗就是讲究品种品相，也不惜高价全世界去买来，到手后却像对待个活动玩具，新鲜劲头一过就不要了，于是要么转手送人，有时候索性扔掉，像踢开一双破鞋子。这些做法都太不可取啦，你想想看，好比有的人外貌英俊家里有钱，就比长相难看家境贫寒的要高贵了？这道理放在人身上谁都懂，放到狗身上就没人懂。

我没有给这狗起名字，跟你一样就随便“喂喂”地使唤它，有时吹个口哨，它也会屁颠颠地跑来。它不黏人，没什么依赖性，也不像闪电爱往人腿上蹭。它不挑食，有耐性，吃多吃少都不吵闹，大部分时间很安静地躺在熟食摊边上，看着来来往往的人。给顾客切只鸡，人家说鸡屁股不要了，我就随手地上一扔，只要没有我的允许，它就不会上来叼走。冷清下来，我朝它甩甩头，使个眼色，它就咧着嘴开心地跳过来，叼到自己地盘上慢慢啃去了。就是这么一条狗，跟了我有八九年，看着我娶了老婆生了儿子，它还是每天陪着我到菜场去，我骑着自行车，它一路小跑跟在后面。慢慢地就变成一条老狗了，总算也是看遍世态人情的了，后来却闯了个大祸。

我听得入神，男人却停下来。

说说看啊，闯了什么祸。

没劲了，不想说。男人一开始的兴奋淡了下来。我的胃口却刚刚被吊起，我把手中剩下的半瓶酒塞给他。不嫌弃你就都喝了吧，我说。

不想喝。

瞎喝点儿心里好受些。我劝他。

他沉默了一会儿说，还有烟吗？点着了烟，他说，我其实不抽烟的，老婆总是嫌弃我不像个男人，烟都不抽就是不会应酬，不会应酬，那就是个窝囊废了。

那天很热，下午两点多，菜场没什么人，我开了熟食铺里的空调，躺在椅子上想打个小盹。狗，现在是条老狗了，还是晃荡在菜场外面，我知道它有几个老朋友住在附近，每天都要去打个招呼的。我迷迷糊糊地快睡着了，一阵接着一阵直着嗓子的吼叫把我闹醒了，对面卖肉的大叔敲着玻璃说，你的狗好像咬人了！我急急忙忙跑出去，大太阳暴晒的地上，坐着个中年胖子，捂着小腿在嗯嗯啊啊，我的老狗看见我，一瘸一瘸地挣扎过来。我不明白它为什么瘸了，我拍拍它的头，赶紧先去安慰伤者。胖子衣冠楚楚，小腿上流了点血，有两个牙印，也不深。我去扶他，我说你得打狂犬疫苗。他一把甩开我，恶狠狠瞪着我，他说你把身份证拿出来！我说这是闹哪出了，得赶紧陪你去防疫站啊。他重复，把身份证拿出来！鉴于当时危急的形势，我真的把身份证拿出来了，自己的狗咬了人，总归是有点心虚的。他夺过去，看一眼，塞到口袋里，就打算扬长而去。这下我急了，我说不还我啦？别走啊，还得去包扎打针呢。他跨上摩托车说，你等着，会找你的！留给我一个背影。后来我再也没见过这个胖子，我见到的都是他的手下。然后我回过神来，去看我的老狗，我本想好好教训它一顿，可是发现它的后腿不能点地了，就这么悬着，我的心也悬起来了，不是你咬了人吗？这温和了一辈子的老家伙，怎么会咬人呢。门口摆摊卖西瓜的大伯告诉我，是这个胖子从台阶走下来，先踢了狗一脚，把狗踢飞了，狗才冲回来咬他的。（他干吗踢这狗呢？）我猜大概是老家伙躺在路中间打盹，有点得意忘形，连人走过来都懒得动吧。反正也是我和老狗的晦气，那天它挡了谁的路都没事，就是不该挡这个胖子的。哎，也是背运，好日子到头了。

第二天，我把老狗留在家里养伤，也没敢跟老婆说这事，独自一人去摊位。开张没多久，菜场的管理人员就来找我了，说让我去办公室坐坐，有几个人找我。我到了那儿，有两个穿警服的年轻人等着。他们拿出我的身份证，桌上一扔，说是你的吧？我说是，是为昨天的事吧，那人打针了没有？这你放心，我们所长在医院呢。这下我才知道那个胖子是派出所所长，我心想这回麻烦有点大了。我们今天来找你，主要是想调查调查你这条狗有没有防疫证和准养证，其中一个年轻人说。

镇上养狗的人，就跟乡下一样，哪知道什么防疫证准养证的事情啊，你说是不是。我打赌你的这条狗也没什么破准养证，每年能记得去打一针疫苗的那就真是谢天谢地了。可县里头还真的有这么个规定，这世界上规定的事情从来没人好好照做，等到出了麻烦才拿来往人头上套。我说没有证啊，没人跟我说要办的。他们就拿出一份打印的什么条例来，有一个还跟背书一样背了几句话给我听，意思大概就是无证的狗咬了人，狗主人可以被行政拘留，咬人情节严重的，我似乎听到还有“追究刑事责任”几个字。“追究刑事责任”就是坐牢，这我是懂的。他说完跟另一小伙子作势就过来推推搡搡，好像要扭送我的样子。出于本能，我使出在部队学来的擒拿技巧，一个反手，把那人往前一送，他砰地撞翻了桌子，哗啦啦的，茶杯文件撒了一地。我脑袋嗡的一声，懵了。

那天晚上，我是在派出所过夜的，他们给我扣的帽子是“扰乱执法秩序”“暴力抗法”。被我推倒的小伙子自始至终铁青着脸，我说让我见见你们所长，我跟他道个歉。这时候，关我的房间里只有我和他两个人，我坐在空荡荡的桌子后面，他站在空荡荡的桌子前面。我话音刚落，他忽然绕过桌子，走到我面前，一把揪住我衣领，几拳头砸在我脸上。见所长？他说你这时候还想见所长是在做梦吧。原来我是在做梦。他走了，锁上门。我躺在地上，心里想不明白到底是怎么回事，不就是狗把人咬了，也不是多严重的伤，我怎么就被关起来了。那个晚上过得真是，大概是这辈子最凄凉的一夜了，不知道家里怎么样了，脸上又被打破了皮，只有趴在桌子上才能勉强睡一会儿，其实也没怎么睡，根本睡不着的嘛。

第三天直到下午，才见到我老婆。还是那个小伙子带她进来，她也没坐，开口就埋怨我傻，傻得要命。然后就哭，管自个儿抹眼泪，本来我见到她还挺高兴，这么一哭我就心烦得要死。等她平静下来，我问她带了多少钱。她说已经帮我处理好了，刚还跟所长通了电话。我说我到现在都还没见到所长。她说所长在电话里是客客气气的，人家有风度气量，你就不要死扛了。我说我死扛啥了我？她说不就是把狗杀了吗，这有什么啊，一条狗换人一个平安还不够？

我脑袋又嗡的一声，我说你替我答应了？她点点头，还在那边嘀咕，我都没听见。我冲到门外，看到那个小伙子，他又揪住了我。我说求求你们所长，医药费都我来，我去补办养狗证，告诉我在哪办的，我马上就去办……他指指脖子上几块乌青，说有这么便宜的事啊，交了罚款，把狗处理掉！旁边又围上来几个人，把我拖开了。老婆扶住我，说先回家吧。

我开门的时候，狗都没出来迎接。太不正常了，我去找它。

我的老狗啊，抽动着后腿，躲在阳台角落的破拖把布上不肯出来，腹部一大块瘀青，本来就黄不拉叽的毛，现在看上去更脏了。它一定是知道自己做错了，你以后就会发现，狗太会察言观色，你以为它不懂啊，其实它都懂。我向它伸出手去，它顺从地舔了一下，我轻轻拍它的头，它就仿佛得到我的原谅似的伸直了前腿，把下巴一直贴在我的脚背上。我就是想不明白怎么会有人对这样温顺的动物下毒手呢……它什么时候咬过人，被惹急了才咬人，错就错在它没看清楚咬的是什么人……

男人讲到这儿的时候，有点哽咽。身为同性，不善于应付这种情况，我便也没说话，由他去。他把脸转到另一边，一声不吭望着天。夜已经不知道多深了，屁股下的瓦片渗出丝丝凉意，我们不约而同地紧紧外套。直到鸽群再次于头顶回旋而过，他才缓过劲来。

后来怎么解决的？我又递过烟去。

下一天，我没去菜场开工。我把自己和狗锁在房里，连儿子都不让进来。我什么也不做，就是躺在床上，把狗抱在身边，一遍一遍地想着小时候的事情。从老家屋后的河，到现在每天骑的自行车，从姑娘们红扑扑的脸蛋到浆水四溅的泥巴路，从闪电嘴里叼着的背包到所长蹲坐着的胖大身躯，从老婆早出晚归的作息到儿子活蹦乱跳的身影，从乡下到镇上，从学校到部队，我遇见过的每个人都被切成一块块融进背景里，每一个都不清晰，却一直在我脑海里出现。（男人发出几声不好意思的轻笑）我这么形容你别笑我，就是初中毕业，没什么文化却瞎伤感。我想着想着就睡着了，醒来的时候天都黑了。我终于开门出去，你猜怎么了？

我看到我的一双老父母围坐在饭桌边，怀里搂着孙子，我老婆正要给他们开饭。(他妈的，我说大哥你挺幸福啊)幸福，你这么认为啊？天伦之乐没错……见我走出来，父母就抬头看着我，老狗在所有人的注视下一瘸一拐又躲进阳台。我说你们怎么从乡下赶来了？老婆正在摆筷子，此时她把最后一双筷子很用力地拍在桌子上。我感觉老父亲微微抖了一下，他似乎出于无奈，表情凝重地说，咬人的狗留着不踏实，我和你妈觉得媳妇说得不错，家里人没什么关系想不出办法，要我说，也就是一条狗，还可以再养的嘛。我妈揪住老头的袖子，补充道，你就当是乡下隔壁的老张，还记得不？年年开春他都要养条狗，养肥留到正月里杀了过年的。

我原本是低着头，这下猛地抬起来。老张我是记得的，乡下大部分养狗人的代表。乡下人对狗就是这样，弄来看家护院是有的，喜欢也是有的，别人要打也是不行的，这是一回事，可过年要杀了吃，还笑呵呵地吃又是另一回事。我自始至终就弄不明白这两回事，难道他妈的不是一回事吗？没想到老母亲会用这个来劝我，可我反驳不了。我觉得狗跟鸡啊鸭啊鹅啊是不同的，可我又说不出不同在什么地方，我还认为即使我说了他们也不会理解，反正我就不说了，后来我就变成这么个胆小如鼠不敢大声争论的人，一个闷葫芦。最令人讨厌的闷葫芦。那顿晚饭在忧伤沉闷的气氛里结束了，趁着天没黑透，父母执意要赶回乡下去，我在阳台上看着他俩高高低低的脚步，我要说的是，没有比这更难过的了。老婆走到我身后，拉着我的手说，今天菜场的阿七也来过，说这事是挺冤枉的，但遇到这样的事大家都没办法，派出所就是抓你也是依法办案，没有说不过去的。儿子出现在我的另一边，已经读小学的他煞有介事地告诉我，老师说过，用最小的代价换取最大的胜利！我难以置信地盯着他看，不能相信这样的话从小孩子的嘴里说出来，揪着老狗尾巴从小玩到大的不就是你这小子吗。那天，我是头一回彻彻底底地不想和那两个人对话。

后来呢？

嗯哈。男人从鼻孔里闷哼一声，又掐死一个烟头。

狗杀了？

杀了，真是杀掉的。没法不杀，生意要做下去，要养家糊口啊，区区一条狗算个屁。

我厌恶地低下头，我去看我的黄狗，隔得远看不清，可我知道，它就在那儿，倾听着我俩的一举一动。如果换作是我，实在想不出要怎么样的方法去杀死自己的狗，我一定把它幻化成天真无知的小孩子……可是，傻了我，怎能把狗当人呢。

我说大哥，看开点，狗毕竟不是人。

……是啊，人人都这么劝我。狗怎么和人比呢，那老家伙是蠢到我要动手了还主动把头伸过来的。男人的头深深埋进膝盖，久久静止不动。

我犹豫着伸出手，拍拍他的肩膀。我是想安慰他的，所以我说，社会就是那样，习惯了就好。你看，老婆贤惠，儿子聪明，父母健康，还有什么好难过……

社会就是哪样？他忽然打断我的话转向我。他的脸逆着月光，离得很近，猜得出他的五官可能扭作一团。

社会就是哪样？就是哪样？他重复道，淡淡的酒气喷出来，很不好闻。

就是这样……这样。我尴尬得要命，又是在屋顶上，四周都空荡荡的无所依凭。我乖乖闭嘴，小心翼翼地站起来，想悄无声息地走掉。他并没有拦住我，在我跨过排水沟往回走的时候，听见他继续喃喃低语：

我不会告诉你我是怎么把它弄死的，总之它就是死掉了，死在我的手里，再也不会咬人了。后来我就再没有养过狗，我改养鸽子了。鸽子是在天上飞的，不会落到地上去咬人。你把它们训练好了，它们每天绕着你家屋顶飞，从来不会飞到外面去闯祸……

我蹑手蹑脚回到床上，坐进那软软的一堆里，暂时松了口气。老婆点亮了床头灯，问我几点了。已经两点，我却说十二点吧。我脱着上衣，她的手从我背部环抱过来，暖烘烘的。我意外地心头一热，就告诉她今天又碰到养鸽子那个人了，我说他没坐牢，只是在派出所关过两天，以前还当过兵的呢。老婆抽回手，翻身坐起来：上回人家就说他脑子坏了，逢人就瞎编自己当过兵，你还真信啊！我有点震惊，不可能吧？什么不可能，正常人会半夜三更放鸽子吗？鸽子晚上都要睡觉的。她说着又一声惊呼，两点多？你搞什么这么晚……可她的嗓门忽地又轻下来，她扑过来压在我身上，手在扒我的短裤。

不管人家破事嘛，今天的日子刚刚好，快来……她含糊地耳语……明天去抓他一只鸽子来炖汤，给你补补，反正少一只也发现不了。咯咯，她说着说着轻轻笑了出来，好像一切都很正常，嘴巴还凑到我胸口啃了一下。我一把推开她，我说操，咬这么重！她终于像被扇了耳光似的大喊起来，干吗干吗，神经病啊！我想我是没有神经病的，可她又说日子刚好，我就有些追悔。为了挽回气氛，我说先去个厕所。

我是跟她说了“先”字的，有先就有后，可这万年不变令人倦怠的“后”事啊。那晚，我摇着头站在厕所里，当手指碰到下身的时候，却传来某种久违的美妙感觉，我想起了很多少年时代隐秘却无拘无束的夜晚。突然便又后悔了。我侧耳倾听，把门关紧，没想到会对着抽水马桶自慰起来。很久不做这样的事，我并不是立刻就进入情境的，时刻担心被隔着墙的她听见，可越是如此，就越是兴奋反而越上瘾。开始我是想象了一些女人的，那种没有脸的女人，正摆出典型的姿势迎面而来，后来甚至是童年在田野里见到的无遮无拦的公狗和母狗，它们和她们同样紧张、快乐，而我却感到自己快要被揭发了，偷鸡摸狗自有不道德的乐趣，我算是领教了。渐渐地我就不认识这压抑着喘息的人是谁了，脑子里也早没有了她们和它们，更没有了生儿育女繁衍后代，我只在意着我自己，在意着这些排山倒海罕有的快感，最后它们像射线般裹住了我整个身子，那些热乎乎的液体全喷在马桶盖上了。

这高潮来得久违、迅猛，持续着让人忘乎所以的力量，还用得着管什么呢，平生头一回我觉得受用极了。

摩天轮

一

阿祖原本不知道，不睡觉的时候也可以穿睡衣。意识到这点时，他已经五十多岁了。

从前轮到不上班又得在家待着的日子，他都套着老头衫和棉毛裤，要么再加件两用夹克。这些衣服老早旧了，起初就不是鲜艳的颜色，现在便更加暗沉，暗沉的底子上泛出灰白，是年年如此的痕迹，倒根本也显不出什么难为情来。

他没有过那种专门叫“睡衣”的东西，待到睡觉的时候，全部扒光就是了。阿祖从来没有觉得这样不大方，也没有什么不舒服。过不了几年他就要退休了，五十岁出头的男人别说在家里，就是在外面也不会在乎这些枝枝节节的花头了。

直到这天。他撕开包装袋，拎起这身在他看来有点陌生的衣服。

“家居服！”说话人是阿祖的小姨子。

“怎么样，姐夫？”

“这个颜色还行吧？”

“不就是睡衣？”阿祖的太太美萍问道。美萍紧握着茶杯，披着她有点嫌小而不怎么穿出去的棉外套，窝在沙发另一头。

“家居服。”小姨子美芳说。

美萍探身看看，嘴角轻轻扯开，眉毛轻扬，没有争辩。

美芳似乎着急，耸肩赔笑：“随便怎么叫，反正就是平时在家里穿穿好了。”

阿祖还没有收到过这样的礼物。他的腿开始轻轻地抖，低着头有点不敢看美芳，也不敢看美萍。还好包装袋很大，盖在上面也没人注意。美芳嘴上“家里穿穿”的衣服有一套，上装和长裤，暗暗的红色，印着一个个铜板图案。阿祖知道这种颜色，他教过的课文里有一篇写到过这种颜色，好像是叫猪肝红。那篇课文写一个人的脸，说像猪肝一样红了起来。阿祖年复一年地教，印象很深，偶尔又不免怀疑，猪肝并没有那么鲜丽，用来形容红脸蛋究竟妥不妥，但这样的念头也只是一闪而过，他才不愿让自己被这些无聊的想法纠缠。睡衣的面料有种绒绒的触感，还夹了薄薄的棉层，为了固定棉层又在表面踩出了菱格的走线，显得既厚实又挺括。衣领处的商标织着“富贵猫”，下面还有一行小字“精品家居服”。

美芳用着鼓励的眼神：“姐夫，试试大小，小了可以换。”

“可以换？”美萍问。

“网上购物都有七天退换，”美芳说，“姐夫的尺码我也是猜的。”

“敢网上买东西，亏你不怕上当。”美萍笑说。美萍比美芳大几岁，又多读了几年书，眼神自然是要谨慎一些。大约正是靠着这一点，她当上局里的办公室主任，几届领导班子下来，风气稳稳当当，口碑始终不错。就女人的天性来说，谨慎一些不是坏事，但阿祖有时觉得她过于谨慎了，性格里那点含量本就偏少的活泼跳跃的东西渐渐地就被压制了。她经常把在机关赖以谋生的素质带进家门，这个规矩那个当心，把一个家弄得风声鹤唳紧张兮兮的。尤其近年来，美萍非常看不惯网购，她认为网上卖的全是假货，都是看不见摸不着的骗子。虽说阿祖也不懂如何在网上买东西，可一件事情在还没学会做之前就被禁止掉了，这着实叫人憋屈不已，还有点无所适从。

阿祖换上新睡衣从卧室出来，美芳刚关上洗手间的门，看到了他，并不很大的眼睛夸张地睁开了，发出不知道怎么回事的声音，这声音听起来多多少少有些名不副实。“精神，很精神，姐你看看，是不是这样？”

“唔……”美萍的声音传出来，人已经不在沙发上，公寓很大，一时半会儿不知道她在哪里。

在躯干上铺展开来的睡衣，似乎比起先前折叠的时候要鲜活一些，铜板图案是略微带闪的印花，衬得阿祖一个黄蜡蜡中年人都有了活泛起来的模样。

“姐，我说叫姐夫看会儿电视。”美芳赔着笑，浅浅地看阿祖。明明是说给阿祖的话，听起来都是在跟美萍说。她示意阿祖快坐下来，仿佛因为姐姐暂时离场，而需要她来招呼一下的。阿祖新衣服上身，又在自己家被款待了，有不自然，却也不是不习惯。

美芳跟她姐姐走动得不频繁，逢年过节都是礼貌地坐坐就走的。今天吃了晚饭来，现在八点多了还没走，又给阿祖带了礼物。按道理，美萍应该开口问问，妹妹是不是有事相求。美芳是百货公司的一名售货员，高中毕业就上班了。去年忽然离婚了，不声不响，保密工作还做得特别好，美萍和父母都到最后才知道。至于问她一句为什么，美芳总是像背不出课文的学生一样，三言两语就卡顿了。在这事上，美萍至今有点抱怨，态度也始终不冷不热的。

阿祖打开电视机。关节弯折的所在，新衣服都还生硬着。美萍不知道在干吗。

“姐夫，怎么尽看广告啊。”美芳忽然说。

阿祖一惊，回过神来，探身去捉遥控器。

美芳却说算了，她从包里掏出了一只黄色塑料盒子。“姐夫，听听音乐。”她说。

按动了某个开关，美芳把盒子放到阿祖面前。一阵静默以后，几个音符从盒子里细细地弹出来，怯生生而孤零零的，还不能完全盖过电视机里的广告。阿祖听得懂，是一种民族乐器。盒子有个外放的喇叭口，好像在穿过喇叭口的一排排孔洞后，声音跃入到广阔天地，才蹭地一下变粗了，湿润、柔滑，迅速高亢勃动起来。

那段旋律阿祖一定是头一回听，却不觉到陌生。民乐总是这样的，每一小段音节的急转回合，都不出所料，正中下怀。

“好听吗？好听的吧！”美芳问。

“这叫葫芦丝。”她补充。

“俄罗斯？”美萍忽然冒出来，她正从沙发后面路过。

美芳好像没有听见姐姐说话。阿祖本来打算大笑，忍住的。

曲子播放到此刻，背景里出现了电声伴奏。伴奏把曲子的节奏强化了，一拍一拍都拎出来，变得有些浑浊，还喧闹。

“欢乐的泼水节。”美芳说。

这大概便是曲名了。《欢乐的泼水节》，阿祖脑海里出现姑娘小伙奇装异服熙攘着乱做一堆的情景，或许，他可以再往下想想……还有湿透的衣裤紧紧贴着身子。

“美芳，你还听这个？”美萍问。听到声音她出来看看，手指烦躁地敲击着沙发后背，胸部以下都在落地灯照耀的暗处。

“刚开始听，也没多久。”美芳答，她好像沉醉其中，随着曲子抖动起来。

葫芦丝的曲子已经糊成一片，音量四散着覆盖了整个客厅。没有先前简单的独奏那么分明，阿祖越听越摸不着头绪。

当他再次朝那个方位看过去，美萍已经不在了。

二

阿祖一觉醒来，身上还穿着美芳送的夹棉睡衣。上衣撩到了胸口，一只裤管也蜷缩在膝盖上面。按入春的季节说应该是有点厚了，半夜脚会自动伸到被子外面。跟以前光膀子睡不一样了，他再也不用介意会着凉。

小卧室门窗紧闭，即使清晨乍暖还寒，积蕴的暖意依旧簇拥成团。昨晚抽过几根烟，房里弥漫着床褥被热量蒸过后，混合着烟和皮肤油脂的热烘烘气味。阿祖朝天躺着，回想起幼年在乡下，蚊香燃尽的夏季早晨，刚刚被窗口的一丝凉风吹过，小孩子不情愿地醒来，手上脚上脸面上所具有的，也便是这种气息。阿祖早出晚归大半辈子，起床都是匆匆解决，不常想这些，一想便把他想得稍微伤感起来。睡衣的棉布料，穿洗过几次后，新东西的陌生味才消失，取而代之的是常用的洗衣粉和自己的体味，还变得越发柔软，贴在皮肤上，说不出的懒惰和安全。从前怎么就不知道穿睡衣。阿祖的胳膊架在脑袋上，深深地吸气。

阿祖身材矮壮，手脚都粗短，却只可说短小而不能用精悍形容。一张国字脸，双眼皮大眼睛，眉头浓密紧凑，直到末梢也没有四散出去的迹象，这相貌在年轻时颇使他骄傲过一阵。也仅仅是一阵，并没有带来更多幻想中的罗曼史。他跟美萍是介绍认识，单看她的长相，平心而论不如他。那时候他二十出头，刚从师专毕业，分配在县城下面的乡镇初中。下班后，他得骑着一辆远方亲戚淘汰下来的自行车，穿过十几里暗黑的田野，去城里找美萍。说不清那时候，他是更愿意望见县城的万家灯火，还是更愿意捏到美萍的手。几个月的相处后，在准岳父的主张下，阿祖调进了县城高中，住到了美萍家。

二十多年过去，阿祖身上有种若隐若现的敏感细腻是美萍所弄不懂的。阿祖究竟是个语文老师，在课堂上，他有很多时刻必得要传授一些只可意会的情感，而为了这些情感，他必得将自己培养出某些情绪的。总有些时刻在他走出教室后，这些情绪还丝丝缕缕地粘在心里。比方说，阿祖一直是喜欢“浪漫”这个词的，这个词通常压在他心里很多事情的最底下。这个词代表的意思，让它只能是一层软软的铺垫，一个名词，一个形容词，一个状语，最多当一种修辞罢了。他如果把它抽出来，摆上桌面的话——那么，这种情形他还没有尝试过。

他爱养花。他不明白美萍为什么讨厌花，即便她的理由很正确——招蚊子，阿祖也不能理解会有女人讨厌花。养花是阿祖做过最浪漫的事了。阿祖只养三种花，兰花、茶花和杜鹃花。他买花，从来只告诉美萍价格很便宜。兰花不便宜，品种稍好一苗就几百上千，他拿所有的私房钱都买了花。花是自自然然地生长，很能争气，三种花开放起来，气质从优雅到雍容到绚烂，有一个指数级别的递增。好几次美萍同事来家参观，赞不绝口，美萍随手就送人家一盆，阿祖一般也只能打落门牙往肚里吞，不只心疼钞票，更心疼在别人手上短命。养花这事，跟其他事一样，阿祖不敢有怨言。三种花都不是容易伺候的花。兰花对湿度要求很高，茶花对温度也很敏感，杜鹃对酸碱度很讲究，在阿祖居住的灰蒙蒙南方小城，它们的叶片总是蒙满灰霾。可阿祖就是有这样的耐心，晚饭后他会长久地待在阳台上，细细梳理每一根枝条，擦拭每一片叶子，让它们弯曲垂挂的每个表面，在光线下都呈现出油亮无暇，直到夜晚全部降临，什么都看不见为止。然后，阿祖就点起一根烟，在烟雾里，平心静气地看着朦胧的花花草草。

自美芳那晚来家，已经过去两个月。这两个月里，美芳几乎没有来过。今天休息，阿祖起了床就待在阳台上擦叶子。每条兰叶都翻着合理的弧度，大口径的、不过分的弧度，就像那夜的美芳已经烫了很久的头发，直是算直的，又间隔均匀地微微蜷着，每段拐弯的地方都有同样光亮的色泽。阿祖擦着擦着，心头的褶皱反倒越来越深，怎么都抚不平整。

今天又要给小迪补课。那么，阿祖想想美芳是很自然的事情。

小迪是美芳的儿子，正读高三。成绩不好，没考上阿祖任教的学校。大约已经不是一般的不好，连语文都想要补一补。

“语文没什么好补的……”阿祖这样说给美芳听。

也不知道当时美芳是不是听懂了。阿祖说了些语文应该怎么学之类的话，上课要好好听，课后要多看书，基础知识很重要。这种话每回家长会都能重复好几遍，阿祖说起来轻车熟路。学生们补数学补英语，分数提高得嗖嗖快，没有人去补语文，那么一件吃力不讨好的事。阿祖有推辞的意思，可即便是推辞，轮到可以侃侃而谈的话题时，也瞬间在美芳面前有了信心似的。

“小迪基础太差。他们老师这么说他。”美芳关小了音乐盒子，葫芦丝消失了，最后说的几个字突兀地变响亮了。

她的身体转向姐夫。阿祖看清了那双浮肿的眼皮，这跟美萍是很像的。和美芳交往实在太少，阿祖跟美萍结婚时，美芳闷声不响地坐在人堆里，不像个家里人。每回只有看到美芳的脸，好像才能把她认出来。姐姐脸蛋瘦窄，配这对眼皮有点拿捏不稳。这双眼睛长到美芳肉乎乎的脸上才协调一些，肿眼皮显得她憨直又和气，像个慈眉善目的女菩萨，软乎乎地亟待供奉。阿祖五十多岁了，最年轻的同事有时戏称他“阿祖伯”。他们叫起来的时候，从不会怯生生的。被人叫成“伯”，心大概是同样的软，阿祖没办法拒绝这样一双眼睛的恳求。

小迪坐下来的时候，阿祖又跟往常一样发现了他的不灵活。身材比例上，小迪的屁股有点大，痴肥的样子，不像是擅长运动的小孩。阿祖整个下午都要给小迪分析病句和成语。小迪穿着校服，鼻头油油的，下巴很短，有几根胡子茬，戳在细嫩的皮肤上。他是个沉默的学生，阿祖讲得很慢，同时也不很明白他有没有听进去。

“你妈妈呢？”阿祖放下卷子装作漫不经心地问道。

小迪读书不好，性子还是乖的，大人问话有一句答一句。

“不知道。”

“不知道？”

小迪放下笔，眼神越过阿祖的肩膀，点点头。

“哦。”阿祖吭气，朝他看的方向看了一下。

美萍从里屋出来，她挎个包，穿戴整齐。按照雷打不动的惯例，星期天要去爸妈家。经过他俩旁边，她丢给阿祖一个眼色。

昨晚，美萍忽然问：“小迪自己来，美芳不来的？”

“嗯。”

“她倒是知道省事。”

“嗯。”

“星期天你就走不开了。”

“嗯。”

“你们同事做家教怎么收费的？”

阿祖没吭声。

“说句话！”美萍走过来，戳戳阿祖手上的报纸。

“我也没地方去走哦。”阿祖翻起上眼皮，从眼镜框外面看着美萍模糊的脸说道。她脸上有被遮蔽的愠怒，影影绰绰地闪现。美芳和我的事情，跟你有什么关系，阿祖想说。想想而已，一个屁都没放。

小迪已经来家补过好几次课了。整个事情，阿祖说不上不好，也谈不上很好。差不多的年纪，总不免要拿来与自己儿子比的。阿祖儿子去年读的大学，考到北京，九八五院校，美萍摆了十桌，兴高采烈。小迪和美芳也在场，坐外公外婆边上不声不响。儿子是运动健将，读书又好。阿祖用着儿子淘汰下来的电脑手机，还穿着几件儿子的旧衣服，男孩的年轻荷尔蒙依稀残留在衣领袖口上，怎么都洗不干净，就像儿子执拗地抱着他，而他带着这股自己早已消散的气息吃饭睡觉，却跟儿子离得越来越远。儿子轻描淡写就一路顺风的人生，实在跟他爸爸不太相像。反而是小迪——他慢，他拖沓，他既大又不灵便，他每个字都含在嘴里嚼很久，在那些迟缓的被拉长的需要等待的过程里，阿祖体会到了平静，和不着急总会来的东西。几回补课下来，他渐渐喜欢起这个孩子。

阿祖明白美萍那个眼色是什么意思。即使小迪看不到，而他也喜欢小迪，阿祖却好像不能够不回应。美萍的眼神里含着久违的同盟感，仿佛在说她虽然没有教课，但她能和阿祖一样，知道那是个怎样不招人待见的小孩，还有个想占他们家便宜的妈。结婚以来，她很少流露出寻找战友的姿态。他舍不得这难得的同仇敌忾的施与，甚至还有点感激，他觉得自己正处在某个平台上，并缓缓上升到与她相应的高度。

他僵硬了零点几秒，咧开嘴冲美萍笑了笑。

“她大概去跳舞了。”小迪忽然开口。

门口穿鞋的美萍直起身，她似乎叹了口气。没有追问，也没有回应，还是关门走了。

阿祖从平台掉下来。“谁？你妈？”他问道。

“她很喜欢跳舞。”小迪点点头。

“嗯？”阿祖问。

“跳舞没有什么不好。”小迪说。

阿祖放下笔，盯着男孩。

“总是有人乱说。”小迪说。

三

葫芦丝曲子循环着播放，轮到第三次《欢乐的泼水节》时，美芳起身说该走了。那时快十点了，阿祖穿着刚送的新睡衣已经坐到十点了。

他也立即站起来，美芳把他按下去，叫他继续坐，还把电视机又打开了。

“我来收拾，这一摊子，不好意思。”她说。

美萍早早进了书房，怕吵还把门虚掩了，她说最近很忙，总是把工作带回家。茶几上有几杯冷茶，打开包装的零食，地上掉落一些瓜子壳。美芳坚持要一道收拾了。阿祖是做惯了家务的，美芳也不是不晓得。那么，她还是这么殷勤着，阿祖心里便有些松动，微微颤了一下。美萍是不会出来做这些琐事的，她不会做饭，也不洗碗。阿祖并不抱怨，这么多年他实在是习惯了。现在轮到美芳，他就有些不习惯。

其间，阿祖的手碰到了美芳。他正从茶几上取回杯子，她弯着腰，披着一件滑雪外套。确切说，阿祖碰到的是美芳的衣服料子。滑雪面料冰凉，触感腻腻的。阿祖陡然心惊，这跟皮肤好相似。

他教了三十几年的书，眼里的学生一片又一片。有时候，他们来他办公室，站到桌前，趴着去默写课文，或者听他训话——

他训话算是威严，虽然语速有点慢，用词也不是很流利，但还是有力量的——那时候，阿祖总会有意无意地把手搭在他们肩上，或者在挥舞着手的同时，假装不经意掠过他们的胳膊、腰肢，或者前臂一小段裸露的皮肤。他太喜欢这么做了，他控制不住不这么做。他这么做的时候是很谨慎的，他老早说服了自己去相信一切都是不小心的名正言顺的天经地义的接触。即便碰到的基本是各种布料，棉布温软，尼龙布滑爽，可相同布料在各人身上依旧呈现出稍微不同的轮廓和走向。“摸来摸去摸什么摸啊，阿祖伯？就摸了几件衣服，有胆子往里面去啊！”有一回他们办公室的女同事半玩笑半认真地喊起来。阿祖憨头憨脑地讪笑，耳朵根全红了。他心知这不是龌龊，可是什么也说不清，大概只要这样来一下子，他就跟他们具备了某种关联，进而达成只有他才明了的默契，微弱却足以自慰。

他去取第二只杯子，再次碰到了美芳的滑雪衫。这回几乎是故意的。面料下面还有填充物，填充物下面还有面料，和真正的皮肤组织还有莫大的距离。可阿祖的下半身肿胀起来了，柔软的触感契合了他对日常生活的想象。久违的感受如此奇妙，他不露声色内心却兵荒马乱。很久以前，他和美萍就不睡在一起了。开始是美萍的事业处于上升期，每天工作到很晚，而阿祖早睡早起，于是两人分了被窝。后来换了大公寓，索性就一人一间分了床。分开了就再没合起来过，这样也大约维持了将近十年的时光。分居开始的时候，他刚学会上网，到了晚上，一些形迹可疑的对话框就比白天多了魅力，那些框框右上角的小叉叉狡猾地跳跃着，总是逮不住。无论点击在什么部位，总跳出来一个又一个另外的框，画面白花花地晃眼，洋溢着十足腥味，像枪林弹雨，像一张张斑斓大嘴，简直要了他的命。吃过几次电脑瘫痪的苦头后，阿祖对充满诱惑的事物便有些力不从心，下半身也总维持着软绵绵的日常状态，即便一觉醒来，阳具也不再像年轻时一样变形，失去了晨勃，如同失去了和清晨有关的事物，所有分明有力的轮廓皆离他而去。他似乎渐渐意识到，当下的一切都不是他的，他是一个还没被这世界用过的家伙，而且世界看起来还没有一丁点想要用用他的意思。

美芳已经走下半截楼梯，阿祖发现她遗忘了她的音乐盒子。他追出去，在台阶构成的落差上，他居于高位，向美芳伸出手。美芳仰着脸迎向楼道灯光，简直会带来憧憬的误会。在她接住盒子的短暂一瞬，阿祖还并未松手的那刻，他注意到整个夜晚唯一一次，他们两个连接在一起。靠的是那只小小器具，维持住了某种稍纵即逝的联系。

阿祖的下腹就在这时，出现了一阵绞痛，久违的肿胀也因此销声匿迹。

他有些遗憾，又无法挽留。美萍房里的灯还亮着，一如既往。趁上洗手间的当儿，阿祖尽情打量自己，他总算明白猪肝红这种红不像红棕不像棕既不刺眼还带着暖调的颜色的确最适合五十几岁的半老头。一只脚踩在中年，一只脚迈入老年，悬而未决地，两头都不甘心。水箱里还有进水的声音在汩汩地响动。阿祖掏出阳具，包皮皱巴巴地夹带着内容物垂挂下来，好像一个布口袋，底都已经烂穿了。美芳刚刚用过的马桶，马桶圈还没来得及翻起来。阿祖弯腰摸了一把，女人刚刚坐过的地方已经凉了。

四

美萍穿了高跟鞋走不快。她落在最后，看着阿祖的屁股随着腿根的行进，一左一右地上下耸动。裤子提得如此高，裤缝活生生地卡在正中间，形状凸出得活灵活现。阿祖破天荒地坚持请姐妹俩出来玩，不知道葫芦里卖的什么药。美萍皱皱眉头，脚下不像有走得更快些的意思。

阿祖前面是美芳，脱下来的外套打个结拴在腰上。她穿了球鞋健步如飞，马尾高高挽起，发梢蹭蹭左右甩动，这一切都源于她软绵绵的腰肢。那爱跳舞的腰就像弹簧，让美芳的上半身充满了弹力。和她热爱的葫芦丝音乐一样，今天的美芳整个儿透着一股广场舞的欢乐。

三个人排成一条线，小孩子们欢呼着从他们旁边掠过，阿祖提着的包袋差点被掀飞。远处耸立着一架巨大的摩天轮，眼前高高低低的人头，往前延伸，在摩天轮下演变成密密麻麻的杂乱背景，他们走过去，就好像走进了更广大的舞台，情绪也有了发展的空间。在家的时候，一堆情绪掩埋在一堆掩埋情绪的琐事里，买完菜就做饭，吃完饭就看报，独自睡觉和醒来，无穷无尽。现在到底不一样了，阿祖庆幸自己坚持了出门的决定。

游乐园在上海郊区，如果开车的话，从小城到那儿的时间，和从上海城里出发去一趟花的时间差不多。小城的百姓自然就有错觉，好像他们也算半个上海人，所以这里一直是小城居民的乐园。美萍来过好几次，阿祖却是头一回来，美芳肯定也是。一路上，开车的美萍没怎么说话，坐在后排的阿祖不时能从后视镜里看见她戴着的太阳镜，遮去小半张脸。开车人不说话，其他人好像也不太敢说，尤其是不会开车的人，总是唯恐闹闹嚷嚷妨碍了驾驶员似的。

本来阿祖提议坐一回摩天轮的。

“我不坐，”美萍说，“我坐过的。”她一派所有人都欠她钱而她也无所谓你们还不还的表情。

美芳露出孩子一样严肃的尴尬神情，民族音乐带来的欢乐变弱了，身上接于地气的味道渐渐飘散。阿祖的窃喜消失。她双手交互握住胳膊：“我觉得……没什么好坐的吧。”

每次看到摩天轮，阿祖都会记起一段很傻的话。那段话写在他们学校二楼男厕所的第一个马桶间门上。每个工作日早晨的九点，阿祖就走进那个隔间。他蹲下来的时候，总能看到门上写着一行字，以至于后来，只要一做出解手的姿势，那段话就像淡入淡出的幻灯片浮现在眼前。一定是哪个学生写的，可能是某段歌词。“想带你去看摩天轮，传说摩天轮到达最高点，就是能看见天使的时刻，相爱的人会永远在一起……”他仰视着眼前的庞然大物，圆形的机械构造精密完美，历久弥新。任何言语的论断都跟它没有关系，尽管它是人造的物体。它好像就要倒在他身上，它那么大而他这么小，即便倒下来，大概都砸不到他。

阿祖想走得快一些，或者慢一些，那样他就能赶上美芳，也不会冷落美萍了。可他们还是在影影绰绰的人流里默契地排成直线，仿佛他们不是来玩，只是换个地方走路。在阿祖几乎要支撑不住的坚持下，姐妹俩答应了一起去坐船。在游乐园还只是某个村庄的一部分时，这条河就存在了，而现在成了乐园的边界。在河边，建筑设施缩得远远的，藏在空旷的草地里，在毋庸置疑的春阳下，人群秉持着积极进取的态度，一簇一簇分布得理直气壮。手划船有两排座位，可他们三个只能按照性别分配的原则，阿祖独坐了一排，姐妹俩占了对面一排。

河道并不如何曲折，在平原地带，两岸的远方也没有山峦。河岸线无聊地向前伸展，三个人都没有说话。阿祖面对着姐妹俩，眼睛不知该置放何处，只好频繁扭结了身子去看两边的水。船夫踩着船桨，每当阿祖动起来的时候，他就会用一种和他那时身份并不合拍的严厉口吻，警告他会翻船。美萍低头盯着手机，美芳似笑非笑地瞅他，阿祖耳根微微灼烧，但他打算勇敢起来，打算毫不在意，打算摆出一副大丈夫做派。

“叫你不要动来动去，这么不听话！”船夫迅捷有力地呼出声，他有沪郊一带口音，跟小城的方言类似。他喝止阿祖的时候，并没有起身，船夫依旧半躺着，不紧不慢地踩着桨。阿祖轻轻一抖，攥着的手机差点跳进河里。他正对焦飘动在水平面下方几厘米的藻类植物，而且镜头还恰恰能够扫入一角美芳搭在船舷的手臂。

在至高无上的安全提示下，美萍怒目而视。线条迟缓的水流中，两边驶过零星船只。

再没有话题，不会有交谈，更没有言笑晏晏的景象。所有举动化为泡影。船夫没有心情跟同行打招呼，他还在气乎乎地嘀咕，他倒霉自己遇上了如此不爱惜生命的顾客，他为这只饭碗承载了如此巨大的责任而叹息不止。阿祖感到自己正在过分惹人注意，鼻孔里充盈的阳光渐渐稀薄。他冒冒失失钻进了光线背面，绵密的冷，从每艘别人的游船上，暗地涌来。而美芳偏偏别转着头，装着在观察某些她从来没有认识过的风光。她合拢并歪向同一角度的双腿绷紧了，从侧面看去，股臀部位出人意料地丰满，和站立时候相去甚远。在阿祖眼里这不是失望，几乎是羞辱，她置身事外，云淡风轻，她只管自己在那儿，像周围的水，有无数种被掬捧被描述的可能——却唯独从他身边流过去了。

阿祖胸中无限愤懑，上岸时头也不回。他听到有叫唤声。“取照片，取照片了！快来看游湖的照片！”仿佛被解放出来，他凑了过去。坐在电脑前的年轻人，把阿祖他们的照片打开给他看。显然都是在三个人不经意间拍下的。照片一张张翻页，阿祖眼睛亮了。

“啥时候拍的？”他问。

年轻人扁着嘴，潦草地指向后方：“看到了？那儿，有个拍照的地方。”

“要不要印？”年轻人问。

“要，要。”

打印机唰唰开动。“二十块一张，十张，两百。”

“买什么？”美萍警惕地出现在阿祖背后。

“照片？”她说，“我看看。”从年轻人手里接了过去。

阿祖掏钱的手僵在半空，美萍漫不经心却又含蓄丰厚的神情，仿佛巨大的引力场，叫他动弹不得。

“这张不好……也不好……这张像什么呀……美芳，你脸都变形了。”

美芳已经穿上了外套，听到美萍的招呼，走过来。当她看到美萍口里变形的脸，声音显得有些紧张："嗯……还好，我想还好吧。"

"这还好？"美萍把照片晃在年轻人眼前，"拍成这样还好？多少钱一张？"

"二十……"年轻人指着阿祖，"他说全部要的……"

"上海佬杀猪！"美萍低头数起照片。阿祖伸手想去拿，美萍很重地甩肩膀，把他避开了。

美芳今天第一次跟阿祖说话："姐夫，你觉得呢？好像是有点，有点歪了。"脸上某种纤细的一直能抚慰人的东西不见了。

那张是姐妹俩的合影，美芳歪斜的头刚箍进画面一角。阿祖就是见到了这张眼睛才亮起来的。他丝毫意识不到那张脸有变形，就是一张肉乎乎的侧面，怯生生地塞在姐姐背后。那是小城昔日里一直存在的脸，皮下脂肪把皱纹都撑开了，毫不辜负白嫩二字，确确实实地与当下的每一寸光线水乳交融。一股气息在他体内穿行，有个喷嚏在鼻腔横冲直撞，激起了一连串反应，阿祖真想把那张脸掏出来。仅此而已。掏钱包的手，终究还是软了下来。他永远不会理直气壮了。

美萍盯着阿祖压低了嗓门："这种照片，不知道拍什么，这么贵买来干吗！"她眼神黯淡，隐隐的失望循着后脑勺的中轴线，依稀浮起。最熟稔的失望，始终漫漶于她的前半段人生，这刻又若即若离地撕扯着她。她很想跟阿祖好好说话，她从来都想跟他好好相处。对她来说，从过去到未来，这样的发现毫无意义。

"我们不要。"美萍把照片一扔，作势要走。

“印都印了，大姐，这几张已经塑封了。”年轻人声音提高了，从柜台后走上前。几个无聊游客开始好奇地张望。

一只手把阿祖和美萍拨开。美芳握着皮夹，她的皮夹是桃色的漆皮，红得发亮：“多少钱？”然后把两张纸币放到桌上，手掌在上头轻轻拍了一下。

“姐，”她的手穿过美萍的胳膊，揽起照片，“拍得蛮好啊，你看上去苗条得一塌糊涂。我脸太胖，不上镜。”

美萍不情愿地被她挟带：“……你不是胖，是拍走形了。”

“胖的！怎么跳舞锻炼都瘦不下来。”美芳拍拍脸颊，回头瞥了一眼，把姐姐挽得更紧似的。阿祖又看到她肉乎乎的侧面，那一眼冷淡、轻松，含着捉摸不透真正可怕的势利，那一眼恐怕直视着阿祖而去，叫他一阵心惊肉跳之后，只剩下无限的空洞。

周围的鼎沸人声，某种难以理会的别人的生活，渐次离他而去。在无休无止永动机一样运转的游乐园里，沉沉泛起的疲倦淹没了阿祖。

五

牛不知道为什么出现在那里。阿祖看到牛就站在野地的一片杜鹃花里。

杜鹃花不知不觉开得这么旺。他想起家里的两盆，才冒出几簇骨朵儿而已。这些杜鹃是小城郊外最常见的品种，半透明的紫红连成一片，云朵一样覆满了平地，稠密却并不迷人。附近是一处工地，搅拌机发出浑浊的咆哮，脚手架搭在半空，晚风从更远的地方，裹来灰尘的气息。

那头牛站在将近昏黄的暮色里，泥土般的脊背在花丛间耸动。一个男人挥着阿祖看不清楚的东西，呵斥着它。美萍正驾车穿越十字路口，再过两条街，他们就进城了。郊区的道路畅通无阻，美萍脚下使了点力，她想尽快回家，结束这个乏味的星期天。

“等等！停车，停一下！”美萍听到阿祖拍打她的座椅，发出急促的呼喊。她吓了一跳，一脚下意识的刹车，后方车辆按响尖锐的喇叭呼啸而过。

“靠边停一下！”

“姐夫，你干吗？”美芳从后视镜里看着他说。

“看到那头牛了吗？”阿祖指着外面，牛和男人还在缓缓走动，已经落在车子后面了，“你们城里长大的，见过牛没有？”

“回不回家了，阿祖？”美萍烦躁地敲击着方向盘。

“你们没见过牛。这不是水牛，是黄牛。”

“好的，黄牛。走不走？”美萍说道。

“水牛是黑的，角还要长还要弯。”

“姐夫。”

“很久都没见过牛了，还是头黄牛。这里怎么会有黄牛？黄牛跑到工地上，那是干吗？”阿祖的语调还跟刚才一样，仿佛美萍和美芳都是聋子，而他不光是和聋子说话，也是在和一大片空气说话。他望向道路那头，男人手里的家伙，不时击打在牛背上。牛跌跌撞撞，趔趄着越走越远。

二十几年前，阿祖也摇晃着这样的脚步，不太灵便地敲开美萍家的门。那是准女婿初次上门，他拎着美萍准备的酒水和食品，坐了长途车来到县城。美萍开的门，她刚做了头发，卷的，顺在耳后，散着吹风机的香气。老丈人心不在焉点点头，手中的报纸似乎举反了。丈母娘在扫地，她笑得像颗土豆。阿祖郑重而来，做好了所有准备，那会儿忽然有点危险的预感，仿佛闪电划过，短暂的明亮过后，一切依旧暗淡无光。然后，在一阵私密的细碎声响之后，阿祖发觉有东西在他裤腿上蹭。是只猫，瘦得皱巴巴的虎皮猫。阿祖在乡下见过许多猫，猫大多怕生，这只却不一样，他还从没抱过它们。猫在阿祖脚上蹭得起劲，喉咙里咕噜噜地呜咽。阿祖就把猫抱了起来，猫开始在阿祖手中奋力挣扎。

美萍笑盈盈地说："刚给它剪过指甲，很长，老把我抓伤。"还捋起袖子给阿祖看。当时的美萍比后来丰满，两颊胀鼓鼓的，还有点婴儿肥，她微笑的时候，真是存在着一股子聪明婴儿的劲头。

阿祖捉住猫爪子，翻过来，它的利爪果然都被剪了。从根部开始剪得干干净净，毛茸茸的肉垫只剩下毛茸茸的肉垫，结着黑色血痂。他拿手指一戳，猫尖叫着抽回脚爪，从他身上跌落，一瘸一拐，蹦跳着消失了。阿祖端起茶杯去厨房倒水，看到那儿还有个女孩，背对着他，好像在干力气活。阿祖知道美萍有个没出嫁的妹妹，那么这就是美芳了。

美芳在厨房劈鱼头，阿祖想从她身旁挤过去倒茶。美芳一定知道他就在后面，也一定知道他是谁，却没有丝毫挪一挪的意思。阿祖看到鱼头已经切下来，又被她从下颌居中劈开。她还在劈，每一刀还没劈到底就拔起来，第二刀也不看准胡乱又劈下去，半个鱼头不久就红红白白地洇成一片，在脏乎乎的案板上，像泼翻了漆桶，明艳夺目。猫又不知道哪里钻出来，从他脚边挤进厨房，在美芳裤管上蹭起来，喉咙深处渐渐传出阴沉的咕噜声。

“这猫跟你特别好。”阿祖说。

笃，笃。美芳继续切鱼头。左肩沉着，右手机械地一上一下。

“在你们家养多久了？”阿祖说。

“这是我的猫。”美芳歪过头回答。阿祖看到她胖乎乎的侧脸，眉毛修得细长，好像还涂过口红，唇色发光。笃，笃笃，笃。美芳剁了很久的鱼头。晚餐桌上，大家吃到一条没有头的红烧鲤鱼，也没人问鱼头上哪去了。再后来，大家就把这件事忘了。

“你们去不去看牛？”阿祖打开车门。

姐妹俩没有动，也没有拦他。阿祖径直穿过了马路，追着牛和人往建筑工地深处去。

牛是头公牛。有点瘸腿，阳具软绵绵地垂在两腿之间，若隐若现。阿祖想，小时候怎么从来没有注意过牛的那话儿和身体如此不成比例。既不大又是软的，那么丁点家伙也不能经常用，总是浪费。男人粗鄙地挥舞着带枝丫的树枝，庞然大物被驱使着，听话得很。阿祖远远跟了一阵，便有些气馁。他走不动了。

他奇怪为什么美萍还没有强硬地喊他回去。他很懊恼，也有些羞愧。最后他放弃了，蹲在几块砖头上。远远望见车窗里美芳向他挥手，好像在喊叫什么，声音全被风吹走了。暮色四起，一个更深沉、平衡，更值得等待的夜晚即将展开。阿祖掏出了烟。一整天都没找到机会抽烟，现在他想可以点一根了。

死　者

“在半路呢。”她对着手机说。

“跟他一起。”她对着手机说。

“请假的，今天当然要上班。”她按下挂机键。

“你爸。”她对身边在开车的丈夫说，脸没有转过去。

“他说怎么这么晚还没到。”她补充一句，“我们在上班，又不是在玩……”

车子正在穿过隧道，周围昏沉沉的，路口的光点正越来越大。“你也是请假的吧？”她忍不住又补充一句。

钻出隧道就是城外，车流明显稀释了，男人加大油门。“急什么，还早呢。”她仿佛埋怨一句。男人的十个手指松开方向盘，立刻又握紧了。“到了那儿别像个怨妇，少说几句。”话音刚落，男人即迅速瞥眼看她。“他们对你不是挺好的嘛。”他腾出的右手，轻拍她膝上的皮包，又顺势滑落到大腿，“你要摔个跤啊，他们是担心得要命的。”

担心的不是我吧。她懒得反应。

“妈的！”男人一脚急刹车。“有病啊！”他对着前车的屁股嚷嚷。

她敏捷地拿起皮包挡住腹部，又讪讪地松开了。安全带重新把她勒回了靠背。

“怎么，啊？”男人问。

她直直看着前方：“管你的，别又追尾了。”

“追个尾算什么，你没事就好。”

男人嬉皮笑脸的，近于谄媚，她应景地咧开嘴角，轻哼出声，化作一个微笑。

“唉，你真没事吧？”

“肚子给我摸摸。”男人不屈不挠地伸手过来。

早春的天色实际上有点暗了，外面看上去有股灰尘的味道，正从四面八方钻进来。车子拐上一道斜坡，在一堆木头厂的破旧招牌里，驶入两道普通的铁门。她没来得及细看上方缀着的名称，但她心知这是什么地方。她这不相干的人也得跟着到这儿来，想到这点不免有些懊丧。

“我爸说那老头前阵子还改过遗嘱。”男人又瞟她一眼，“居然很时髦的，要海葬。”

“哦？”她有点兴趣了。

“简直异想天开，我们这里哪来的海葬。”男人打了一把方向，“反正还不是跟人家一样葬。”车子驶上了更开阔的道路，两边开始出现稀稀拉拉的花草，萌发着稀稀拉拉的嫩芽，反倒显出一排排应景的萧条。

“到乍浦港，大桥那边，不就是海吗？”她轻轻惊叹。

“那不连个上坟烧香的地方都没了？”男人反问。

“可他们怎么能这样。”

“怎样？”

“这样……不尊重死人。”

“哈哈，到处都这样——我告诉你。别人怎么葬，他们也怎么葬喽，我们哪管得着。嘘，不要说了……”她看到公公不知何时已经站在边上，抢着替她拉开了车门，密闭空间霎时涌进大量混合了香烛烟雾的新鲜空气。车门关上，发出“咔嗒”的叹息声，仿佛一只话筒刚刚合拢。她深深地吸口气。在通信公司二楼的小隔间里，她接起了下班前的最后一个来电。

“三六九号话务员为您服务。您好，请问有什么需要帮助吗？”她的开场白千篇一律。

“我问你们！家里大半年没人住了，电话费竟然还有这么多？”话筒那头迫不及待地抱怨起离奇的话费通知单来。

“您好。固定电话每月都会产生月租费和来电显示费。”她熟练地解释。

“是的，不通话也会产生费用。”她熟练地解释。

对方嘀咕一阵。

“如果您不再使用我们的服务，可以选择销号。”她沉着地应对，“不过建议您办理停机保号的业务。”

对方依然喋喋不休，她把头戴式耳机的一端稍稍拔离。“请机主本人携带身份证原件来营业大厅办理即可。”她像语音答录机。

“抱歉，不可以，必须由机主携带本人身份证前来办理。”她像机器人。

对方沉默了。

“您好？”她寻思着对方应该要挂机了。

“如果没有机主呢？如果机主去世了呢？”对方的音调潮湿了。

“如果……那是这样的，”她在手边的册子里急速翻阅着相关条款，“……这种情况必须由医院出具死亡证明，并且……”

“证明，证明什么！告诉你们，他已经死了——”最后一个字被听筒非常用力地割断，发出“咔嗒”的声音。

她捂住耳朵，剧烈地咳嗽。“怎么老是不舒服啊？上班太吃力了吧？太吃力就辞职，都跟你说几遍了……”婆婆迎上来，哀怨地替她别上黑布条。“叫你们早点来，早点来……”两老一左一右，挟着她和丈夫往灵堂走去。

灵堂的门大敞着，没有想象中的宁静，嘈杂声来自一堆各种年龄的女人，她们的眼睛闪闪发光。婆婆把她往前一推，便有一位中年女人立刻从人群剥离，接过了她。“爸爸——他们小夫妻两个看你来了——爸爸，你睁开眼睛看看他们呀——我的好爸爸啊——”中年女人像上了发条的玩具，娴熟地大放悲声。

案上摆着几色供品，蒙着塑料保鲜膜。有人给她一炷香，丈夫用力扯她的衣角，两人便跪下了。旁观的一只只脚，纷纷聚拢来。垫子很脏，也薄，她的力道用足了，膝盖磕得生疼，几乎站不起来。

“爸爸啊——你怎么就走了呀——啊——好爸爸啊——”中年女人波浪般地干号着，带他们转到了牌位后面。她看到了老头。

老头摆在玻璃盒子里，白发涂了油，留出一道道梳齿的痕迹。脸上擦过白粉，也擦过胭脂和口红，在白炽灯下比在场的活人都鲜艳几分。这是一个陌生人。或许她曾经见过他，就像在马路上见到的任何一个陌生人。他紧闭双眼，衣领里伸出一条蜿蜒的伤疤，鼻孔露出小半颗塞得不够紧的棉花球。真是一个陌生人。他还在少年的时候也没有过红润如花的双颊，在死后却做到了。她已经绕着盒子走了半圈，中年女人的哭声渐渐地干燥，但没有中断过。那堆各种年龄的女人变得十分静默。在另一头，他们用一个夹子夹住老头的裤管，让老头的双腿并拢，使脚尖以九十度笔直地竖立着，看上去非常整洁干净。

丈夫把脚尖插进她的小腿缝隙，用力一分，紧闭的双腿就打开了。她仰卧着，棉被的边儿还折在身下。丈夫钻进被窝，直接爬到了她身上，混合着牙膏味的口腔气体随之而来。打那件事过去以后，每个月的那些夜晚，男人总是这么急迫。

没有言语，没有多余的动作。两只手直接握住她腰部，盘桓片刻，犹豫着向上爬行，想想却索性爽利地掉头往下。她知道这一切，都是奔着某个明确迫切的结果，因而便能名正言顺地忽略很多无关紧要的过程，甚至包括她。她没有什么力气，也没有更好的理由使出更大的力气，只会交叉双臂象征性地挡在胸前，看上去反倒有欲拒还迎的假象。男人开始推进的时候，她向上躲闪，微微扭动着。男人就腾出手，稳住她的胯，好像有钳子卡住了关节，一部分器官就这样变成了器具。

她渐渐听见男人越来越急促的喘气声，也听得见头发被枕头摩擦的沙沙声。他循着节奏每一次俯身的时候，她都小心地微微侧头，避免碰到他的嘴唇。在黑暗里，她渐渐辨认出顶灯的形状。她感到自己是个孤独的“人”字，即将被从唯一的角度劈成两半。

中年女人把一张餐巾纸撕成两半，一半揉着自己的眼眶，一半塞进她手里。

“哭了？”丈夫问。

“你好像没见过这个人。”他说。

中年女人穿过灵堂侧面的门，带他们进入休息室。休息室有几张桌子，很多人零乱地坐着。丈夫摸出香烟，转眼淹没在男人中间。中年女人找到婆婆耳语几句，婆婆便把她拖进另外一张桌子。有人往旁边让让，有人给她泡来茶水，有人把一把瓜子往她面前推过来。

她定定神，看到一桌最平常的聚会，座中的女人皆显出无忧无虑的神气。

“他们家女儿根本不会哭。”一个轻声轻气地继续说道。

“就是！哭得真难听。”

“也不请几个哭得好听的。”女人们七嘴八舌地附和道。

她耸起双肩，缩进脖子，忍不住笑了。谈话的女人都止了声息，她们打量她，把她看得透明起来了。她一个都不认识，她们却好像都认识她。

“刚才哭了吧？蛮有良心的。你媳妇大概就是结婚时见过他们家老头子一回吧？”一个女人谨慎地跟婆婆说道。

她碰碰茶杯，水太烫了。

“她是蛮讲感情的。”婆婆说。

“跟我儿子很要好的。”婆婆说。她很配合，朝他们客气地点头。

“唉……”却有人立刻叹了口气。就像防备已久的警报终于拉响，她迅速地昂起头。环顾之下，个个脸上又都没有两样。但空气板滞了。她随便拨出几粒瓜子，在桌上排成一行。耳畔陆续响起其他人嗑瓜子的声音，有力清脆，瓜子壳吐在地上，已经有薄薄一层。

“要是第一个小孩生下来了，现在都要上幼儿园了吧。真可怜……”终于有女人这样说。

有人打开了所有的日光灯。突如其来的亮光让她很不习惯。

如果是这样，如果人们都是这样。她感到自己太强烈地存在，存在于巨大的错误中。她将瓜子抹成一团，喝口茶，垂下头。

“肚皮盛不住，也没办法。”婆婆哀叹道。

“听说这一次是男孩……”还有人这样说道，“噢？太可惜了。”好像一旦某人先开了口，别人就可以尽情地说。

“我们长辈是很开明的，我们一直说，生男生女都好的。”婆婆说。众人纷纷点头称是。

她好像没有听到这些，重新把瓜子，一颗颗地，排成行。

“但是，有什么办法呢。”婆婆说。

于是大家变得非常忧愁，和那边静静躺着的人一样忧愁。此时的他们，仿佛不幸降临在人家身上和降临在自己头上是一样的。

“我们总归在想办法。”婆婆说。

女人们听到这句话像抓住救命稻草，又拼命点头。“把身体养好是最要紧的。”

“废话，她太瘦了。”

“上班不要上了嘛。听说常常加班？”

“配点中药调理调理。”

“我们那儿有个老中医——”

好像都是她的错。“我身体很好。”她打断，“我什么都吃。”为了证明，她飞快地嗑起瓜子来，同时把瓜子壳用力地往地上吐。呸——声音很有中气，瓜子壳却软绵绵地粘在裤腿上。“不是说老头要海葬吗？为什么……”她轻轻地冒出这么一句，女人们突然都安静了下来。婆婆迟疑了一下，向她使了个眼色，“唉，我们这里都是这样的，葬到海里去算什么事情啊。”声音很轻，像是在自言自语。

“你来一下。”丈夫前来耳语，婆婆心领神会地又给她使了眼色。她跟着丈夫走到门口，那儿站着公公和一个陌生男人。

“老头的女婿。”丈夫悄悄告诉她。

“这就是我媳妇。”公公介绍道。

陌生男人打量一番，对公公说：“在我们公司要轻松得多。”

“隔壁那爿木业公司就是刘经理开的。”公公对她说，“他们缺个办公室接电话的。”

“听说晚上不加班？”丈夫笑着问，掏出烟递过去。

刘经理眯起眼点着烟，大口浓雾喷出来。“我说不加就不加。”

“刘经理的公司，当然刘经理说了算。”公公一个劲点头，“我们媳妇福气好。”

丈夫推她往前，她扭动着挣脱开。

“话务员这么辛苦，又没几个钱，有什么好干的！”刘经理的下巴微微扬起，对她说，“你要肯来，我这儿工资奖金一分不会少。”

“我媳妇肯定来的嘛！”公公笑得合不拢嘴，丝毫没有问问她本人的意思，“刘经理，只要她那个了……只要她身上有了，马上就可以请假噢？”

男人正把烟塞进嘴里，他只是伸出缠着黑纱的左臂，凭空挥了挥，算是满不在乎的答应。

“麻烦刘经理了！”丈夫的双手，在空中握住男人的手。

“嗐，算什么！请假期间，奖金一分不少！”男人豪爽地笑起来。

她的工作是枯燥的，翻来覆去几句话，您好，再见，祝您生活愉快——可这些不见得是很难的事情。没法抵挡的是人们提问的方式，永远都一样。令人疲倦地重复，“为什么……”“为什么……”“为什么……”

如果不想接，她就会让客户等一会儿。放一段音乐，然后是一段录音：我们重视您的每一个来电，话务员正忙，请稍候。再一段音乐。再一段录音。她就呆看着来电提示，不知道那头要听到第几遍才会挂机，孜孜不倦的人总是很多。

有回她正这么干的时候，听到左手边的同事始终重复着一句话：“我们公司的规定就是这样，固定电话欠费停机，与其绑定的宽带账号也同时停用。”同事的声音跟她一样，像在巨大的轰鸣中轻声低语，模糊而清晰地传来，礼貌又抵触。

“……是的，规定就是这样。”她瞥见同事像自己一样没有表情的脸，她瞥见另一个自己拔开耳麦。等待一会儿，继续重复：“规定就是这样，固定电话欠费停机，绑定的宽带账号也同时停用。”

“是的，即使您的宽带费用缴纳到年底。但我现在不能为您开通宽带。这是没有办法的。”

“没有别的办法，这是公司的规定，黄先生。”

“如果您对话费有疑问，可以携带本人有效身份证件到营业大厅详细查询。”

“再见，祝您生活愉快。”她知道例行公事的最后一句还没有说完，对方早就摔了话筒。

男人们爆发出一阵大笑，地上已经扔了好几个烟蒂。他们攒在一块，好像是在过年。他们什么都谈，谈子女难管教，谈食物不安全，谈经济不景气。他们什么都谈，唯独没有死者。渐渐地她被晾在旁边，有点冷掉了。

“海葬，也不行吗？”她忽然问道。

刘经理的脸色变了，他扔掉烟头。“什么？”

丈夫揪住了她的手臂。

“没什么没什么，瞎说呢。”公公示意丈夫把她带走。

“乍浦港，大桥那边，不就有海吗？”她目不转睛地盯着那些男人，感觉自己的声音非常陌生，仿佛来自电话线那端永远不会面对面的另一个人的嗓子。

天空已经暗到要吃晚饭的时间了。她背对门里的光线站立在门外，双手插在外套口袋里，瞳仁里没有亮点，深邃的浓黑，有种不容拒绝的认真神气。

“吃饭了！二楼！”有谁招呼了一声。各个角落的人们相继起身，桌椅一片喧腾。男人们得了救赎似的转身离开。她看到丈夫经过她渐渐走开的背影，并不是很想跟上去。

灵堂很快便空了，她独自走向更外面，在一片寂静里睁大了眼睛。没有找到传说中的大烟囱，陵园只有几幢两层楼的建筑物，而建筑物也不过就是几个方形的水泥块，在轻轻的暮色里走着浓淡不一的笔直线条。如果没有墙上贴着的宣传画，可能这里跟木业公司的厂房并不会有区别。

“和谐新风文明丧葬”——对面墙上刷着一条标语。她上前几步，能看得更加仔细一些。六十八。一共是六十八。这八个字有六十八个笔画。确认了这一点，她差不多松了口气。

没有人来找她。

二楼的窗户，映出朦胧的橘色灯光，酒菜的气味也一丝丝渗透出来。那是现在园子里最热闹的地方，饭桌永远是最热闹的地方。人们推杯换盏，穿梭来去，额头冒出密密汗珠。他们在这些必经的程序中，轻易就遗忘了悲伤，反而像一群孩子，认为一切不过是一场仪式。

她站在窗下，强烈地感应到他们的悲伤其实深深地隐没在背后。她希望他们都能来谈谈死者，谈谈他的事情。她从未那么迫切地想要了解一个陌生人。可没有人来找她。她不明白为什么他们闭口不谈死者，也不明白为什么他们不相信，海其实离这儿并不远。她拿出手机，打开导航，把终点设定到乍浦港，“距离四十五公里，估计行驶五十七分钟”。为什么四十五公里会这么远?

她还有更多想不明白的事。她想不明白肚子里的肉，为什么不受控制地被安插在那儿。为什么终将变出一张陌生人的脸，又为什么会不断地脱落下来。一次，再一次，争先恐后。造出疼痛。非常痛，习惯性的痛，像一种仪式那般的痛。以至还来不及变幻出眉目，还来不及生，也谈不上死，大一点的血块，小一点的血块，仅此而已。渐次模糊的忧伤，仿佛水蒸气刚从海面上升起，便立即消失在空气里。

墙根转弯的暗处，有个男人蹲在地上，手里提着酒，脑袋挂在胸前。

她犹豫一下，上前几步。“你为什么不坐在里面？”她俯身问道。

他缓缓地抬头，满脸通红，酒气扑鼻。

“你认识这个老头吗？”

“你是他们的亲戚吗？”

他灌下几口酒。“……滚！”他大吼，血红的眼睛像要喷出火来。

她连连后退。“对不起……对不起……啊……”男人把酒瓶扔到一边，掩面啜泣起来，身体在廊下瑟缩得更紧了。

她不再吭气，只有沉默能把她抽成真空。她后退着转身，被隐秘的动力驱使着回到灵堂。

案头的香已经燃尽，作为供品的水果在塑料薄膜下泛出蜡质的哑光。死者依旧很乖，从开始到最后都没改变，孤零零被摆着，等待着。

她亲昵地上前，再次看清楚他的容貌。眉毛是眉毛，眼睛是眼睛，耳朵鼻孔塞着棉花球，手和脚规矩地掩在盖被里，扣上一块玻璃盖子。她知道世界上有无数陌生人，可过了这一晚，眼前这位却再也不会出现了。她意识到在他体内隐藏着某个秘密事件。这件事她从不问为什么，因为她深深地相信。她相信时间的魔法，她相信所有的陌生人最终将学会真正的隐身术。雾化遁形，仿佛水蒸气升起，从各个角落飘往不远的海，直至消失在空气里。那些从她身体里出来、已经消失了的血块，也一样。

那就不应该被这些物件密封起来。她踌躇着试图掀动玻璃盖子，又转到另一头。指甲深深嵌进棺盖的缝隙里，棺木只是微微晃动几下。有人进来，惊讶地说："你在干嘛？"她满腔的力量顿时委顿，脸涨得通红。

她被某些无能为力的忧悒攫住，缓缓抽泣起来。鼻腔嘶嘶啦啦的。她想起童年的下雨天，她坚持走在沿街的屋檐底下，只是因为拒绝撑开一把伞。"你是个白痴。"她听见心底有个声音说。仿佛还不够过瘾似的，她顺着棺木瘫倒在地上，脸深深埋入手掌，号哭失声。她哭得太厉害，头脑火烫，好像已经爆炸了。无数只脚迅速聚集，在她身边围成半圆，俯视着她，看她仿佛要一次性让所有的眼泪都流光。

人们很快就发现，她的哭声是那么好听，充满真诚和善意，是那么与众不同。这哭声的力量感染了在场的所有人。很快，人群里响起了另一个哭声。紧接着，又是一个。一个又一个，人们纷纷哭了起来。

到后来，连最挑剔的亲戚都在传说，很久没有见过这么动情又完美的葬礼了。

不倒翁

住在一个小镇上，你不能指望有更好的生活了。

牟老师常常这样对自己说。

当她再次想到这句话的时候，正是某个礼拜五的下午两点。她坐在美发店的二楼雅座，五月最后的阳光泼泼洒洒，像水似的浇在地面上，这儿一块，那儿一块的，烘得室内的温度刚刚好。她褪下了薄外套，露出了刚买不久的短袖针织衫，黑色的，针脚有点稀疏，映出了里头淡淡的皮肉。牟老师顺势拉了拉下摆，靠在椅背上。

她是固定来这家美发店打理头发的，固定在一个地方叫人安心。但她不办包年卡，没有洗发水像来不及喝完的酒一样寄存着，也便没有固定的洗头技师。“技师”，这是他们的叫法，一副专业出身的样子，她想到这个叫法就有点好笑。没有固定技师的好处在于，每次来洗头，牟老师都会有所期待。按理说，她早已接受过这儿每个技师的服务了，但她常常记不住他们的脸，于是每一次，比如现在，她坐在洗头椅上，就很是享受久违的好奇心。今天派来给她服务的，是个男的还是女的呢？不出意外的话，这家店一般为男顾客安排女技师，为女顾客安排男技师，这种安排无论从哪方面讲都具有天然的合理性，牟老师便很是中意那几个小伙子按摩头皮的力道，到底是阳刚十足，每一抓都抓到底，顺，到位。

有个阴影横在了窗前，挡住了小片阳光。她仰身抬头，映入眼帘的是个眼生的男孩。不对，是个女孩。再仔细看，又变回男孩，顶着一头过度蓬松的短卷发。她嘴角苦笑，想起来班上那些九〇后的高中生们，个个不就是这样打扮的么。头发吹得要不像金刚要不就是哪吒，往往雌雄莫辨，叫班主任牟老师的德育工作很难开展。

“您好，我是十二号技师，很高兴为您服务，一定让您满意！”男孩对着牟老师微微欠身，背书一样地念诵出这段每日要过嘴数遍的台词，并把一块干毛巾搭在了她的脖子上。

毛巾搭在后脖上有点痒兮兮。她顺手把它卷成了一长条，嵌在脖颈里就像U形充气枕，这样，当牟老师坐在洗头椅上，就有种坐长途汽车去远方的感觉了。巧的是，在本城的长途汽车站，开车前，司机师傅也会一本正经站到乘客们面前，说一段这样的话：“各位乘客你们好，我是本次班车的司机，我一定会专心开车，请大家放心！”

严肃的表情同此时十二号技师脸上的如出一辙，虽说有一点古怪，不合时宜。可班主任牟老师何时在校园以外的人群身上看到过信誓旦旦的保证？

“老师，我下课一定把作业订正好！”

“老师，我下次一定不迟到了！”

“老师，我一定……！”牟老师的耳边充斥着的永远是这样的承诺，并和着淡蓝的无邪眼神，以及腮边拥堵生长却鲜有出头之日的髭须——她的心瞬时就软了下来。

她满意地叹口气，不知道脸上情不自禁地正在微笑。

“老板娘今天下午有空哦，过来洗个头？”许是看到了这丝笑容，十二号男孩讨好地问道。他正把洗发水往她的头顶抹去，凉意缓缓渗进她的头皮。

老板娘？哦，对，也不是第一次被这么称呼了——这又是令牟老师欢喜的地方。在这个城镇里，不是所有妇女都能被唤作“老板娘”的，她们应该是上点年纪、出手阔绰、精心打扮且总能在别人上班的时间里闲逛的人。牟老师有时会上半天班后偷偷溜出来——可以自在地跷班并且内心不会忐忑也是一种特权和修为，尤其在没有课的时段。牟老师已经到了无欲则刚的年纪了，她把职称评到顶了，好歹也是个小有所成的高级教师了，作为本地人还有着一张错综复杂的关系网，她不用害怕被谁指指点点。有时，她就乐意在工作日跑出来，享受半天被人呼唤老板娘的幸福——如果这算是种幸福的话。尽管她的丈夫不是什么老板。

“嗯嗯……”她连声应着，手臂在膝盖上含糊地画了半个圈，然后并不知道接下来该说什么。对面是一张大镜子，她看到头顶的泡沫越来越多，堆起了整团毛茸茸的奶油慕斯。

“痛不痛？”男孩问。

“嗯？”这声关怀让她局促起来。面对眼前这位几乎和自己儿子同龄的孩子，她有些手足无措。这些男生们，他们何时关心过别人的感受？

“用力是不是太重？”见她不作声，男孩解释。他正在挠她的头皮。

“还可以。”在镜子里她看到男孩笑了。确切地说，她丝毫没感到头皮的痛感。

“我们给客人洗头，都不是用指甲抓的。”他解释道，“头皮不能使劲抓，应该用指尖轻轻地揉，对发根有好处。”

她头一次听到这样的解释。“你看，我的指甲都剪得好短的……”男孩从“奶油堆”里举起十指，伸到她的鼻子底下。

“好短的……”，一声近乎青涩的感慨，还有这个孩子气的手势，都和他恭敬有加的神态格格不入，牟老师甚至有点儿受宠若惊了。她记起很多年前，她还不像现在这么老的时候，常常会在讲台上发现一块大白兔奶糖，一杯泡好的乐口福，或是几片饼干。随着年龄渐长，孩子们离她越来越远，待她终于成为端正的班主任，牟老师已经沉闷得不再记得起少年情怀了。

“你是新来的吧？”她问道。

“原来老板娘常来啊！”男孩睁圆了眼睛，他用小拇指勾起她鬓角一缕垂下来的湿发，揉面一样揉进泡沫里，“我来这半个月了……但我以前在别的店里做过的！”好像怕她不信任似的，他重重地补充了后半句。

“为什么跳槽呢？”

男孩不解地瞧一眼镜子里的牟老师：“年轻人应该有更好的发展！老待在一个地方有什么出息……”

一头黄松松的卷毛下，稚嫩得没经过风霜的一张嘴，说出来这样的话，牟老师使劲忍住了才没笑出声来。想必，这就是洗头工也被称作“技师”的原因吧。

“老板娘你说是吧？”男孩踏踏实实地追问。

那张认真的脸，叫牟老师想起了每一个刚刚跨进高中校门的小孩。他们都半大不小，相信非黑即白的道理，似懂非懂地展望未来，憧憬着只要努力付出必有收获……他们都跟眼前的男孩如出一辙。即使他们偶尔打扮得怪里怪气，叫牟老师不忍多看，可她心中还是常常升起怜爱之情。

“是的，没错。”牟老师像在讲台上一样，对着镜子里的男孩点点头，“有很多讲这些道理的书，你有没有看过？”

包里的手机响了。牟老师掏出来看，是条短信。短信这样写的：“别动，抢劫！这是抢劫！懂吗？快拿出你的忧愁，交出你的伤心，掏出你的烦恼，摘下你的哀伤，喏！换上这个，我送来的快乐！预祝六一儿童节快乐！”她的表情由惊讶转而愉悦，继而笑了起来。男孩被她的笑感染了，也凑过头来一起看。但是，他脱口而出：“这有什么好笑的？”

话出口，看到牟老师的脸，他可能就后悔了。他匆忙换上另一副神色，蒙着层薄纱似的干笑：“老板娘，我是说，还有比这种更好笑的短信。”

“更好笑？”她问道，心下是颇不以为然的。这个短信到底好笑么？人们只要有机会，就互送这样的短信，它必是在电磁波中辗转了无数个手机后终于传送到牟老师手里的这个终端。很多人看都不看就删除了，可那跟牟老师有什么关系？只要她能开心就行了。她的快乐若也有燃点的话，那从来就是很低的，就像我们在化学课上学过的白磷，低到四十度时就被点着了。

男孩不搭腔，也未继续之前关于书的话题。他甩去了拢起来的最后一团泡沫，示意牟老师去另一处冲洗。牟老师就跟在课堂上提了个问题，却得不到任何反应一样，自己先感到了难为情。那里的椅子都是拉平的，牟老师需要躺直，才够得着喷头。当然，她躺下的时候，下意识地努力拉长上衣的下摆——在她四十多岁的年纪，腰部的松弛是以同一件衣服变得越来越短为标志的。冲干净头发，她拒绝了洗头时一向都附带的按摩服务，虽然按摩几乎是喧宾夺主的重头戏。牟老师不喜欢被人按摩，一双陌生的手在身上游来走去，甚至身边最亲近的人都不曾这样按捏过自己——尤其是此刻，她难以想象被这个过分年轻的男孩按摩将会怎样。她颇有点害怕产生无谓的联想，以致手忙脚乱。

“帮我擦干，再找人吹一下就行。”她说。

“老板娘请稍等。”男孩正要走开，又忽然想起来，“请问有指定的发型师吗？”

“没有没有，没有的。”牟老师连连摆手，顺带着尴尬起来，仿佛是个多么粗糙的女人似的，一个老板娘怎能没有熟门熟路的造型师呢。

“我就是来随便洗个头的。”她勉强解释。

于是男孩回过身来，说得有点犹豫：“要不，让我帮你吹吧？”仿佛怕她不相信什么，男孩不好意思地强调：“虽然我还从来没有给客人吹过头发呢……如果……”

“没事儿，让我见识见识你的手艺？”她顺水推舟地说，迅速地从方才的尴尬里抽身而出，就像她常常会在课堂上做的那样，敏捷快速的三言两语就掩盖掉了学生带来的不适。

不就是吹个头发嘛，有什么大不了的。当牟老师被安排坐在底楼大厅角落一张孤零零的理发椅上时，她这样想。男孩离开好一阵才回来，手里多了个黑色电吹风，他走到牟老师背后，理顺电线，找接线板，捣鼓了很久很久。她都快不耐烦了，他才慢腾腾地拎起一束头发从根部开始吹，吹完了放掉，任它垂落下来。他没有用上专业吹风机的扁形出风口，风从圆圆的黑洞里零散地，巨大地，热乎乎地拂过她的头顶，让他的手指感觉起来非常温暖。他动作生硬夸张，和资深的发型师终究是不太一样。就像她的单位那些每年都会来的师范实习生，每节课都要准备好久好久，结果三言两语十几分钟就讲完了。有次牟老师从他们用作办公室的空教室窗外走过，看见一个女孩站在讲台上，对着空荡荡的六排座位忘我地解释着能量守恒定律，教室里全部的空气都在她的嘴边无妄地流动——那声情并茂对一节物理课来说实在是浪费。

可有什么关系呢？这一切无论如何都是美好的。男孩拿开她脖子上的毛巾，替她掸了掸肩膀，搭上来的手还未挪开，他说："老板娘，真的不需要按摩了？价钱都是一样的！"

牟老师看着镜子里的男孩，猜不透他是在替自己可惜还是客套，抑或有那么一丁点盼望——难道工作量少点不好吗？她深深地看他一眼，站起来，背起包："不用了，下回吧，改天再过来。"

"那好，老板娘慢走，改天一定要来的！我是十二号哦。"

牟老师点头微笑，走到柜台付了钱，收银员递过来一页纸，是对十二号技师的服务调查问卷。牟老师觉得很新奇，似乎最近真是很久不来了。她在所有的"很满意"前面打了勾。

走出美发店，牟老师看表，才三点多，整个拦腰截断的下午。是回家去还是继续上班呢？她呆呆地站在街边。太阳光继续温柔地诗意地洒落在街道的每个角落，透过窨井盖的缝隙，甚至还能看见下水道里条纹斑驳的光影。她向着微风晃晃脑袋，刚吹完的头发又飘又软，没有一点负担，带着这满身的轻松，仿佛可以无缘无故地投入到任何俗世杂务中去。她深深吸口气，徐徐地吐出，跨上电动车，回了单位。

还未放学的大门，只开着一条缝。这个时间进进出出，总归是有不正常的意思，可牟老师没有下车，她敏捷地穿梭过去，还对保安点头示意。保安总是面无表情的男人，他默默地目送牟老师，即使她不愿意迟到登记，那他又有什么办法呢。

办公室的同事见她进来，纷纷抬头，又纷纷低头。桌上压着一张纸，是明天周六补课的新课表，每个班各安排了两节物理课。牟老师带着三个班，那么也就是说，明天她将有六节课。好得很，她抬眼望向各位同事，寻思着自己从教二十年，还从未遇到过一天六节课的事情呢。

“新校长的三把火呗！”一位年轻同事注意到她的沉默，开口说。没错，谁让来了新校长呢。一个领导有一个领导的把戏，就像女人的装扮，总以与众不同为第一要义。她还记得五六年前的某任校长，狠抓教学常规，三天两头检查备课本，闹得怨声载道，以至于有些小青年竟然把试卷讲评都写成了教案，每道题都重新做了一遍——可再人心惶惶的事，也不过是过眼云烟，白云苍狗，时光荏苒……多写几页，少抄几张，大家还不是都安然地来到了今天？

“那备课都来不及了？这么突然，明天上什么呢？”牟老师苦笑着问，她用手指梳理了一下鬓发，心想真是算准了该回来的。

“随便上上好了，做份卷子，讲讲练练。”老同学抬起头，盯着她，“你呀……你完全可以跟校长要求要求，明天休息下……”

“我？呵呵，我有什么资格要求，不是老板娘也不是官太太。”

话音刚落，同事手里的笔都停下了。他们若有所思却欲言又止，老同学问：“下午去哪儿了？”

“外头瞎逛。你看这天气多好，不冷不热。”

“嗯，嗯……逛逛也好。反正没什么事。”

牟老师冲她笑笑。最后一节课的铃声已经响起，牟老师带上门，踏进自己班的教室。她想看看临放学的孩子们是不是正安耽地上自习。

牟老师的出现令他们鸦雀无声，几个反应慢的小子甚至整个上半身还趴在后排的课桌上，边回头边就僵住了。她从课桌中间的小路走下去，走过他们身边，他们一个个虽说埋着头却总是偷偷抬眼瞟一下四周，而那些眼球们黑白分明。女孩们快速地收起零食袋，永远吃垃圾食品身材依旧那么苗条，夏天快来了，整个教室都是密密麻麻平坦的小腹，她们的皮肤才叫少女的皮肤，下午的太阳照在上面晶莹剔透，金黄色的耳郭毛茸茸的；牟老师还知道男孩们桌子底下偷偷压着课外书，他们会有单眼皮的小眼睛，有薄薄紧抿的嘴角，或是狭长的耳垂，无一例外地微笑起来羞赧青涩，而大笑起来则放肆不羁。此时他们在做功课，笔尖发出窸窸窣窣的声响。多好啊。

牟老师踱了一圈，看到一位男生的卫衣帽子整个翻在了外面，就顺手把它抚平了。她注意到男孩桌上摆着一叠《读者》，她顺手抽出其中一本。男生有些慌张，脸唰地红了，他辩解：“是语文老师让看的……”牟老师笑笑，她说：“我借一本好不好？”她一点也不想苛责这些小孩，何必这也不许看，那也不许干呢——她一直以为年轻人多看书总是好的，可惜儿子却从来不听她的。她随便翻着手里的杂志，她想那里面一定会有些励志创业的小故事，她有心拿给理发店的男孩看一看。她卷起书夹到腋下，擦干净讲台上堆积的粉笔灰，拣出细碎的粉笔头，把粉笔盒、黑板擦、遥控器一一排列整齐。当她做着这些时，她又想：幸亏回来了一趟呢。

礼拜六下班后，牟老师又站在了美发店门前。店门外有三级台阶，上了台阶才是厚重的玻璃大门。天色已经暗下来了，便尤其显得玻璃门内灯火通明，人头攒动——好像因为今天是周末而每个人都可以不用吃饭一样。

牟老师按按肩上的包，包里放着要交给十二号男孩的杂志。真的要给他吗？她眼前漂浮起男孩的脸庞，五官的布置模糊不清，又是镜子里的影像，显得不真实。就这样进去交给他？寻思间，一只不听话的手已经推开了玻璃门，耳上佩戴着对讲机的门童迎上来，她侧目望向收银台下方一条长长的沙发，坐在那儿的技师中并没有十二号。

“找十二号，洗头。”她说。门童按住话筒讲了几句，一脸歉意地告诉牟老师，十二号今天休假。

“休假啊……”牟老师不由自主地重复了一遍，或许看到她深深的失落，门童说：“那边坐着的几位都空闲，老板娘觉得怎么样？”

你又不知道我今天是来干吗的，牟老师有些恨意。门童继续指点着两三位技师，她们清一色都是女孩，她们都陆续转头看着牟老师，说不清是有期待还是别的什么。

“那算了。不洗了。”

门童有点吃惊，他看上去很想挽回这笔生意：“老板娘，十二号是新来的。我们还有几位明星技师也都是很受欢迎的，好多顾客都点名要他们的！你再等等？有的过几分钟就下来了……”

“噢……”牟老师很纠结。沙发上有个女孩在朝她微笑，猫一样的眼睛，浅盈盈的笑逆着光线展开在刘海的阴影下，实在是显得阴郁了些。她们大概向来是那样笑的，正面侧面看去都一模一样，叫牟老师开始怀念十二号那光亮的额头了。她伸手掏出手机，随便按了几个号码，假装要打电话而一边就走了出去。门童替她拉开玻璃门，赔着笑脸目送她。一出门才走几步，她就把手机扔回包里。《读者》还在，那么大一本，把小小坤包塞得拥挤不堪。她听到心脏在咚一声咚一声跳动着，好像也将膨胀得越来越大似的，其实根本什么都没发生，她却觉得似有什么把柄被玻璃门里的人抓住了。她用力跺跺脚，甩甩头，故意笑着，仿佛要用这样自嘲的神态去掩盖根本无人留意的尴尬，并且还以为这招会很有效。

很快就到家了。

小区的铁门边，有些早早吃了晚饭的老人们迟缓地踱出来，像剪影一样贴着墙根慢慢移动。看着他们，牟老师觉得在一个人的晚年，时间大概就会这样凝固住，呈颗粒状，有立体感。

这天她已经连续上了六节课了，推着电动车进车库的时候，她真是有些疲累了。“……为什么不是语文老师呢……写篇作文，看个小说书，几节课一晃就过去了。”她喘着粗气爬着楼梯，用略微嘶哑的嗓子自言自语。她并非不爱教书，只是过长的连续的工作日时常令她倦怠——但她很快就释然了，学校嘛，不上课还能干吗呢？毕竟一整个悠长的暑假放在那儿，什么都补回来了。

开了门，走进去，脚垫边并排放着丈夫和儿子的拖鞋。她稍稍一想，对了，丈夫昨天关照过今天要到下面乡镇去开会，不回来吃晚饭的。儿子呢，怎么还不回来？明明老是在提醒他放学后要立刻回家的，今天又是周六只补半天课，高一嘛本来就放得早。那他会去做什么呢，和同学踢足球？跑去网吧玩游戏？在牟老师的班主任经验里，放学不回家的孩子不外乎只能做这几件事。

“真没办法！”她嘟哝着，扔下包，插上热水器，立刻跑去拧开了儿子的房门。门内一股不够新鲜的空气扑面而来，她甩一下头，深深地吸气呼气，跑着双臂靠在门框上。还好，作为男孩子的卧室，这儿不算太不整洁。她自然地收拾起来，都是随手做的、可做可不做的事情。书桌前的靠背椅放放正，摸一下有没有灰尘；被子其实是折好了的，但她觉得有点歪斜，打开又叠了一遍。床上有堆干净的衣裤，乱糟糟地混在一起，横七竖八的，她无奈地笑笑，这个孩子真是长不大，哪能弄成这样。她在床边坐下来，慢慢地把衣服一件一件按她的标准流程折叠好，从大到小，堆成一座迷你的金字塔。然后，才站起来，把揉皱的床单抚平，轻轻地带上门。

这晚，她躺下的时候，手上正拿着那本来不及送人的杂志，随手翻翻吧。结果，她发现每个励志故事都大同小异，常常就是这样开始的：很久很久以前，有个年轻人，他有很多很多的人生困惑，于是就踏上了寻找答案的漫漫征途。很幸运地，他很快就能遇见一位老人，老人其实是智者、高人或者隐士，时间在他身上好像是令人无法察觉地暂停了。老人听到年轻人的疑惑，并不明说，只是做了某种动作，于是年轻人就顿悟，从此找到了人生的真谛，过上了澄澈清明的日子。牟老师扑哧一声笑出来：现在的年轻人，会相信这些吗？可为什么，每个礼拜的周记里却充斥着这类小故事，那都是写给班主任看看的吧？就是图个让老师放心的意思。而她这样的物理老师做班主任，大概也很会相信这些人生真谛的吧？

小故事看得牟老师睡眼惺忪，她默默庆幸还好没把书带给十二号，理发店见多识广的小伙子岂不是笑话死她……他一定会说，什么人生的困惑烦恼，洗个头敲个背不都解决了？对啊……年轻人说话，总是这样简单、蓬勃、乐天派……她七想八想，眼皮越来越重，头皮忽然变得好松好滑，搁都搁不住靠枕，一个劲地往下掉——许是下午洗头的效果，她这样认为。头皮磨蹭着发丝，在枕头上发出沙沙的声音。在这样的沙沙声里，她很快就睡沉了。

她没有听见丈夫是什么时候回来的。

丈夫喝得醉醺醺的，进门的时候，一脚踩在了儿子的拖鞋上，等他看仔细了，一把抓起来，用力塞进了鞋柜。他瘫坐到沙发上，面前不远处是两扇紧闭的房门，他们的和儿子的。酒意令他的感官变得异常灵敏，隔着门，他似乎都能听见女人微弱的鼾声。他颓然起身，想走去厨房倒杯水，经过儿子的房门，他停了下来。他犹豫地伸出手去，握住了门把。“咔嗒”，门开了，客厅的一小束光照了过来：儿子并不在。

床角有堆衣服，叠得整整齐齐，最底下是校服，接着是衬衣，最上面是内衣裤，从大到小，一个迷你的金字塔。他忽然来了气，上前几步，挥手把金字塔推倒了，大小衣裤有的往左，有的往右，东倒西歪。他想他真是讨厌回家的。一屁股坐在床沿，打了个响亮的饱嗝，酒精、晚饭掺和着胃液的酸味，令他一阵头晕眼花。他再也熬不住了，只得和衣躺了下来。

屋子里还是暗的，但夜从来就不是漆黑的。晚风透过半开的窗户，微微掀动起竹窗帘，穿透帘子的月色，丝丝点点地照在书架的一个相框上。黑色的相框，框住了一位年轻男孩的圆脸蛋，即使在夜里，也看得出这是黑白色的遗像，沐浴着静穆的光。

六月紧随而来，阳光渐渐地刺眼，风里带着微愠的火气，每个下午变得越来越漫长，越来越令人昏昏欲睡。牟老师又来到了美发店，进门她就往洗头工休息的一排沙发上看了又看。几个差不多年纪的男孩和女孩凑在一块，握着手机窃窃私语。

还是没看见十二号，她对迎上来的门童说：“洗个头，我要十二号。十二号呢？”

门童翻看手上一叠单子，朝对讲机说了几句话，笑嘻嘻地回答她：“十二号正在上工。老板娘如果不急的话就先等等？快好了。”

“行。”牟老师接过递来的水杯，端着走上了二楼。她经过一排正在洗头的顾客，都是清一色的“老板娘”，或坐或躺，闭目养神，按摩敲背。十二号就夹在洗头工的中间，他看起来没有什么变化，瘦脸颊，黄色卷发——或许长高了一些？这个年纪的男孩呗，总是还能再长大一些的。

牟老师边想边走了过去，十二号弯着腰在给顾客掏耳朵，并没有注意到她。她挑了个角落的位置坐下，那个角度正好可以从面前的镜子里看到他的两只手。一只手拉着顾客的耳郭，另一只手的食指拇指捏着棉签，轻快地转动，转动，顾客长长地吁出一口气。那是什么滋味？牟老师有点好奇。

“老板娘，原来是你！”一块毛巾跟往常一样搭在了牟老师的脖子上，她听到的却不是“很高兴为您服务”的台词了。

“我没有食言吧？”

“你是我的第一个回头客。”男孩看上去挺开心，“最近很忙吧？”

“有点。”她说。其实“老板娘”还能忙些什么呢。

“忙归忙，头总是要洗的。”男孩乖巧地说，“洗发水还是和上次一样？”

“嗯。”牟老师答应着，心里颇赞许他的好记性。男孩熟练地抓起头发来，很快头顶上又是一大块一大块的奶油泡沫。

“听说老板娘来找过我？”

“哦？唉。那次正好路过，来洗一下。”

“我正好放假！我每个月有两个礼拜六可以休息。”比起上一次，男孩的语气热络了许多。

“才两天？”牟老师脱口而出，比自己还辛苦。

“年纪轻累点儿没关系，以后会好起来的。”她看到他在镜子里歪着头，若有所思地说，“对吧？”

他还加上一句“对吧？”，这叫她说什么好？以后一定会好起来。以后大概会好起来。以后并不会好起来……什么都是有可能的。她忽然就一点也不像个老师了。当老师的人，面对这样的问题，总是会在讲台上给出坚定有力的希望的。

她就也学起他来，歪斜了脑袋：“没错，努力点总没错的。”

这句话说完时，突然想起了什么。她难得地露出笑意过盛的表情，接着问：“你有没有听过一个童话，叫《老头子做事总不会错》？”

“没有。好玩吗？”

牟老师已经好久没有为谁讲过一个完整的故事了，她总是怕自己讲得不生动。但今天她又有讲故事的欲望了，因为她觉得这个故事本身就够有趣了。这个故事的主人公是一个老头子，他牵着家里的马去赶集，先把马换成了牛，再换成了羊，又换了一只鹅、一只鸡，最后拿回家的是一袋烂苹果，却非但没有挨老太婆的骂，反而赢得了拥抱和吻，因为老太婆总是说“老头子做事总不会错”，即使是一袋烂苹果，也能派上好多用场呢。

故事讲完了，男孩咯咯地笑起来。“这老太婆也太傻了吧？”他粗声粗气地说。

“是我很久以前看来的。”

“老板娘还看童话？”男孩把头后仰，眯缝起眼睛，装作和她拉长了距离打量她，很成熟的模样。

“安徒生的童话是专门写给大人看的。”

“大人最傻了，谁会拿马换苹果，还‘总不会错’？”男孩依旧振振有词，手上的动作越来越快。

“呵呵……谁会拿一匹马换烂苹果呢……”牟老师喝口水，把一些词语含在舌头上咽了下去。这次她的话没有了回应。

那一阵，就变得异常安静，只听到洗发水的丰富泡沫不断生长又不断湮灭的细微声响。扩音器躲在某处角落，唱着轻音乐。

说是轻音乐，其实也就是时下几支流行歌的慢板伴奏，正好有个曲子牟老师也知道，是《千里之外》。播到第二段时，男孩情不自禁哼了起来，他发音含糊，本来就是哼哼唧唧嘛，倒也确有几分周杰伦的意思。牟老师不了解周杰伦，她熟的是费玉清。果真，男孩哼到费玉清的高音部分就戛然而止了。牟老师悄悄地笑了，多有趣啊。

“怎么不唱了？”她故意问。

“嘿嘿，”男孩不好意思地说，“唱不上去了……”

她不应，在心底把高音默默地唱完了。之后，才大大地舒出一口气。

“今天做个按摩吧。”她忽发奇想。

“本来就是应该的，老板娘你放心。”男孩从镜子里盯她一眼。

“我从来没做过按摩。”平躺在按摩椅上的时候，她说。话出口就后悔了，太没世面，太不像老板娘了。

“凡事都有第一次的嘛。肯定很舒服，只要放松就好了。”男孩倒没显出什么来，一本正经地说道。

她的头发被厚毛巾一丝不苟地包了起来。肯定吗？她正犹豫，一双手已经按在了她的天灵盖上，手指在对称几个穴位上按压，开始是轻轻地，只能觉到皮肉在骨骼上发生多处位移，伴随着力道由轻变重，她感到了几许酸涩，由针尖般大小渐渐变粗变强，不由分说地钻进脑门。牟老师闭上了眼睛，觉得像是有好几颗划过夜空的流星，拖着转瞬即逝的明亮尾巴。毛巾呼啦一下，松散了开来。

湿润的发丝倏地遇到空气，头皮里袭来一阵凉意，陡然间没有了安全感。牟老师欠身想找那条毛巾，男孩却按住了她的肩膀："没事，不用管它。"他的手现在是温暖、柔软的，即使隔着一件外衣，也能叫人沉静下来。他在她的颈椎附近按摩起来，几个指头正好扣住了她的锁骨，像扣住了她的命门似的。不由自主地，她挺直了背。

男孩的手稍稍用力，他说："老板娘，不用紧张啊，要放松。"牟老师猜想自己是不是捏上去特别僵硬？她沉下了腰，十指却又不自觉地扣在了一起。

"老板娘颈椎不太好吧？"

"哦？"

男孩得意地笑了："感觉得出来，筋络不通。给你多捏会儿。"

"哦……"

男孩更加卖力地动作起来，手从她的颈椎一路往下，一直捏到了背部，他挽着衣袖的上臂时常若有若无地擦到她的耳朵，细碎的声音因靠近耳道而被放大，她觉得上半身都好像要被抬起来了。某种难以言喻的酸痛攫住了她，又慢慢被打散，向周围扩开去。牟老师忽然胆怯了，本想和刚来时一样开几句玩笑的，却不知何故这么缄默起来。就像在学生面前，就像在儿子面前，其实她常常是胆小羞涩的。她喜欢儿子不在家的时候，她会走进那间空荡荡的屋子，去摸一下写字台上的作业本，碰碰书架上那些从小学到中学的教科书，为他拉平揉皱的床单，却任由没叠好的被子卷成一团，以免儿子回家后发现母亲来过了他的房间。人人都觉得她是一个严格的班主任和雷厉风行的母亲，其实只有她自己明白，她要多么费力地罩上几层外壳才能勇往直前地站立在讲台或儿子面前头头是道。她了解当年在无人教室对着空气侃侃而谈的实习女生，本质上她和她都是一样的，当年她从窗外经过，有一瞬，甚至以为站着的就是自己。

于是在这一刻，她和他的话变少了。她只是又拉了拉上衣的下摆，让它长点，再长点，去遮掉肥胖的小腹。这样就好了。

男孩移坐到一侧，将牟老师的左手臂搁在自己腿上，继续默默地工作。手机铃声响了，她用右手挣扎地摸出电话，是丈夫打来的。

“晚上有个应酬，领导要我去陪一下。”丈夫在那头说。

又有饭局。她想着这件事，忘记了回应。

“喂，喂！”丈夫在那头喊起来。

“嗯，干吗？”

“你在哪儿？怎么有音乐？”

“……在办公室啊，同事放的。”她匆忙解释，“知道了，少喝点，我自己吃就行了。”丈夫挂了电话，她看着“通话结束”的屏幕，看了一会儿，暗了，把手机重又塞了回去。有那么一阵，她发着呆，直到注意到男孩的眼神一直盯着她，盯得她不自在起来。她内心仓皇，面无表情，闭上了眼睛。

男孩已经将按摩程序进行到手臂末端了，他很快就捏住了牟老师的手掌。她的手掌被动地摊平在他的掌心里，男孩用自己的拇指和食指，一根根地拉直牟老师的五指，每拉到指尖的时候，稍一用力，指关节就发出“嘎”的一声脆响。估计是在活动筋骨吧，牟老师想。声音看似很清脆，其实并不会很疼痛，若非要说有感觉，那反倒是男孩手掌的粗糙出乎了她的意料，粗硬的角质层摩擦在她的指节上竟然有说不出来的不适感。她为这突如其来的不适搞得有些难为情，仿佛发现了不该说的秘密，而替对方难过了。

“你的手……”

“哦，我们的手都这样。”唯恐怕她追问，他紧接着解释，“每天好几个小时泡在洗发水里，皮肤就这样啦。”

“哦……”她眯缝着眼，“可以擦点护手霜。”

“没用！”男孩爽朗地笑起来，“再说，男人谁擦那玩意儿啊！”

男人。不错，男人。牟老师在心底念叨着。“你多大了？”

嘿嘿。男孩笑而不答，呼出来的气息毛茸茸地吹到她的脸颊。

牟老师睁开眼睛，意外发现这张脸距离她很近——微卷的厚刘海遮去了眉毛，薄薄的单眼皮，鼻翼两侧有细碎的粉刺，刮过的胡渣稀稀拉拉——因为太近，和镜子里的看起来就不太相像，逼人的年轻令她觉得陌生极了，她下意识地把头侧到一边。记忆中儿子的脸也正变得越来越陌生，他像是出了远门很久，或者跟那些毕业留在大城市工作的年轻人一样，似乎不怎么喜欢回家，也几乎不打电话。她常常努力怀想，却总是只能记起最后那副化了妆的模样，纯净得只剩下白颜色的皮肤(也不可能更白了)，在水晶玻璃下折射得明晃晃的，胡子茬也是若有若无，两颊瘦削凹陷，嘴唇被涂抹得出奇的鲜艳。这副样子并不是他，她的儿子哪能这样，她始终坚信这点——可事到如今，她到底也无从捉摸他究竟长什么模样。总还是那副熟稔得容易忽视的身影，背着书包出出进进，快速地吃饭，和紧闭的房门一样沉默寡言，就像熟视无睹的吊灯、沙发、洗脸盆，甚至是丈夫的抚摸，只有当它们不见了的时候，才依稀感受到原先的存在。

她那几个本来自然舒展的手指收拢了，轻轻去捏住了男孩的掌心。掌心温热却尤显粗糙，像上了年纪一般令人生畏，叫人倦怠。于是顷刻间，她立刻像被什么烫到似的放开了。放得太快，快得不免叫人质疑这一行为的性质。男孩的动作略微顿了顿，牟老师也并未回过头来，她心中懊恼，此刻只想着尽快结束按摩，结账，在十二号的调查问卷上打满“很满意”的勾。

命中注定，六月慢慢地走到了尾声，南方的梅雨淅淅沥沥，傍晚的天空正透着乌云的黯淡，但总归还算是明亮的调子。牟老师骑着电动车，雨衣的帽子被风吹掉了大半，好在这一阵的雨打在脸上反倒冲淡了白日的闷热，她便也懒得去戴起来。

开门的时候，又接到了丈夫的电话，这是他今天的第三个电话。前两个牟老师或者上课或者刚好走开都没有接到，但她看到未接来电的提示后，一整天都没有想过要回拨过去。她知道丈夫没什么要紧事，恐怕仅仅就是说一声“不回家吃饭”。

当然，再也没有什么重要的事了。从儿子的噩耗传来那一令人记忆停顿的时刻起，就真的已经没什么重要的事了。

铃响三遍，她接起来。没什么好说的，就是那样的一来一去：

“喂？”

“几个老同学叫聚餐，不回来吃了啊。”

“嗯，知道了。”

挂掉电话的那刻，她少有地感觉到沮丧。她会畏缩、惧怕，但并不常常沮丧。一旦沮丧袭来，灰心也紧随而至，她扔掉包，脱了鞋，赤脚走到沙发上躺下来。没有什么鬼怪，单是某种气体状的压力，大块大块地，祥云一般生成，淤积在她的四肢、头部和胸口。过去的种种沙尘般裹挟着雨天的霉味席卷而来，她几乎就要晕过去了似的。

然后她摇晃地跑过客厅，跑过儿子紧闭的房门，跑到窗口，对着天空张开嘴用力喘气，想象着那些块状的有形压力，一个帕一个帕地随风而逝。随着压强的减弱，她看到天空在最远处依稀亮起来，虽然梅雨持续，天边却还是固执地升起晚霞——霞光不是为她而生，更不是庸俗地向尘世表白希望——晚霞一直就在那儿，从古至今，向来如此。牟老师甚至有了闲情想起来科学家帕斯卡，当他发现帕斯卡定律时，是否也经历过如此的梦魇？

肚子咕噜噜地叫了。可今天牟老师不想在家随便对付一顿了。她想起儿子还在家的时候，常常打球打得忘记吃饭，她总是摆出母亲固有的姿态叮嘱他一定要好好吃饭，儿子总是一副厌恶的表情：吃饭吃饭，人活着难道就是为了吃顿饭？她一直都无从反驳这个问题：好像还真的不仅仅是一顿饭。直到最后她两手空空，只能面对一盘番茄蛋炒饭时，她才算想明白，活到底，还原来就剩一顿饭的事。

她走进卫生间，洗把脸，细细地描画出多日未曾打理的眉毛，涂上淡淡的红色唇膏，脱下身上缀满细碎亮片的腈纶衣服，换上那件买了很久但一直没有穿的灰棉布衫。很宽大，正好遮去了隆起的腹部，虽说有貌似睡衣之嫌，但柔软细腻的触感令她感到温暖惬意。她觉得镜子里的自己焕然一新，那就应该真的没有什么要紧的事情了吧。然后她就走出去了，关门的时候特别用力。

出租车把她带到了一家新开的饭馆，门口聚集了好几簇正在等人的人们，真是个热闹得不适合单身吃饭的地方。牟老师在门口犹豫了一阵，却还是进去了。

她挑了鱼缸里最小的黑鱼做火锅——对一个人来说，却还是太大了。在等菜的当口，她东张西望——靠墙的角落最安全，最便于观察。她几乎是立刻就看到在自己斜后方，一棵大盆栽的后面，美发店的十二号男孩和一些朋友围成了一桌。

他的朋友长得都和他差不多，打理得硬邦邦的黄头发，紧瘦细长的T恤，包着匀称的肌肉。其中有两个年轻极了的女孩，看似是今天聚会的焦点，都套着缀满蕾丝不怎么高档的裙子，眼影夸张浓烈，从上到下色彩丰富，可能也只有在这样的年纪，过度的脂粉才反而衬托出她们咄咄的青春。而这个年纪的男孩或许也常常会喜欢这样的女孩，因为她们懂得打扮，看上去像个女人，以至于和同龄的女孩有了区别。

牟老师想来想去，并没意识到自己多管闲事了。多年的职业生涯里，她一直有根深蒂固“早恋罪恶”的观念，不知道多少次她找来一对对小情侣，对着他们训话，找他们父母，拆散他们。虽然捉摸不透，可她一直远远地本能地关注着儿子和异性的交往，一些需要压低了嗓门接听的电话，深夜里不断响起的短信声，打扮得特别注目的某几天……她是那么胆战心惊，唯恐他做出什么出格的事情来。可现在，现在呢，她倒反过来多么希望他曾经带回一个女孩儿。怎样的女孩儿？会是清清爽爽的还是像面前这两位热热闹闹的呢？她却压根儿都不知道答案。这些本迟早会发生却再不会发生的假设，像大厅里嗡嗡嗡的噪声，一点一滴地填满了她空荡荡的肠胃。

她微微侧身而坐，既不至于露出自己的全部面容，又可以依稀听见他们的对话。

“上班真是好累啊，超累的！”

“就是啦……玩的时间都没有啦！”这是两个女孩子的娇嗔。

“敬你们一杯！来！”某个男孩的声音。一片叮叮当当作响。

“还是小斌最享受了，每天只要坐着给人洗洗头，还都是女人……啧啧，揉来揉去，左捏右捏的，艳福不浅呀！”依旧是这个男孩的声音。牟老师有点紧张，十二号男孩名叫小斌，他好久都没说话了。

“你他妈的，瞎说啥啊……”小斌笑盈盈地爆粗口，然后是一阵互相打闹的嘻嘻哈哈，“什么女人，都是些四五十岁的老板娘！老板娘你们懂吗？老公在外头包了小三被扔在家里没人看没人碰的老太婆呀都是……还艳福，艳福个鬼了！”

“真的？”一个女孩酸溜溜地问，“不至于吧？”

“这还能有假的？每天都在家闲着，出个门就穿得丁零当啷的，哪有人看啊……有些还天天来洗头，我说天天来洗的那头皮怎么都油腻腻的？还总说什么肩膀给我多揉揉，那肉啊，摸起来真他妈没味儿……”牟老师心下震惊，略略瞟过去，见他夹了筷菜继续说，“就跟这鸡胸肉似的，一个字：柴！”

周围几个年轻人都顿住了，隔了几秒钟才哈哈笑出来。“小斌最近都读什么书了？跟个大学生似的，说起话来一套一套的，啊？”

“不会说话怎么哄那些老板娘啊？比起你们两个小姑娘来可要难伺候多了……我说得对不对呀——”朋友们崇拜的眼光助长了他可笑的骄傲，小斌轻浮地拉长了音调，又一片碰杯声。

柴。牟老师想。应该就是干枯的意思吧。大概和木头一样。还真巧，在这个江南小镇，像鸡胸肉这些不好吃的肉，就被叫作“木肉”。她下意识地捏了捏手臂内侧，她知道这叫肱二头肌，这是她最在意的一块肌肉，因为它不像胸部可以被内衣托起来。这块肉现在跟她的心一样悬置着，松松垮垮，隐晦地提醒着她的衰老。

小斌不断地举杯干杯，杯壁摩挲着他生硬的掌心，竟也偶尔会生出几分温柔的触感来，但他不及多想，滚动着舌尖上控制不住的片言只语又断断续续地刮进牟老师的耳朵：“……一点不轻松……老是在被揩油的是我哎好不好……给点同情心啦……”再一阵觥筹交错，夹杂着男孩女孩放肆的笑声。

牟老师的心“咚、咚、咚”地剧烈起来。

这个，不，这些，全是不靠谱的年轻人！总是这样的，出尔反尔，虚伪浮泛，不受承诺的约束。他们对你信誓旦旦，冲你奔跑过来，那样的纯真年代早就过去了。如今他们藕节似的肥手臂早已变得青筋暴突，沉重的背包里不晓得到底都装了些什么，暧昧的日记？香烟盒打火机？总之每天都塞得鼓鼓囊囊。他们推开家门，冲正在厨房忙碌的母亲大喊：“我走啦！”母亲们匆匆地跑出来，一声声嘱咐追过去：“骑车小心！中饭吃饱！早点回家！”他们听到了，为了求个安宁，不待女人们讲完早就把一句句的“知道啦！别烦啦！放心吧！”扔了回来，人却早已跑下了几层楼梯。

可，可是他，只有他……想到这里，牟老师的眼眶终于红了。那天早晨，儿子明明答应得好好的，傍晚却没有按时回家。“他明明答应的，他亲口答应我的！”这个说话不算数的孩子，谁让你过马路不走横道线的？谁让你不左右看一看的？牟老师扯出一张纸巾，贴在眼皮上，按了很久。

她匆匆结账，头也不回地走出饭馆。雨早已经停了，南方的初夏之夜清澈明媚，香樟树湿润的叶片映衬得树冠闪闪发亮，空气里泛起水雾搅拌着泥地的腥味。这样的夜晚实在难以入睡，她想起小时候，如此的光景，她常常瞒着父母到门前的河里游泳，游到河对岸，看着满天繁星闪烁。她喜欢掬起一捧河水，看水滴滴答答从指缝间流走。但她从来不会恼怒，即使两手空空，什么都没有，但身处大河，又似乎拥有了全部，而且那么地俯拾即是。

她想要举手打车，面前忽然跑过一个男人，正拼了命地跟在一辆自行车后面奔跑，好像是要追赶上骑车人的模样。

其实不是的。牟老师看到他一边跑，一边伸出手去拉开了车后座上夹着的皮包的拉链。竟是小偷。小偷跑得气喘吁吁，跌跌撞撞，但是他神色拘谨，就像从事着一份神圣庄严的工作。骑车人蹬踩有力，他被蒙在鼓里，依旧面带微笑，怡然自适。

潮湿凉爽的微风像水波般浇灌到人们的面庞上。那俩人的衣衫都被空气灌得胀鼓鼓的，远远望去，全乎是朝气蓬勃的样子。在此时这个危机四伏的小镇，牟老师暂时忘记了打车，她看着这无比喜感的一幕，情不自禁地大笑起来。

暗物质

自由自在的维基百科说：宇宙是由空间、时间、物质和能量所构成的统一体，是一切空间和时间的总和。一般理解的宇宙，指我们所存在的一个时空连续系统，包括其间的所有物质、能量和事件。

一

萧瑶百无聊赖地在手机上翻看着娱乐新闻，每天都是这样，也许隔一百年还是这样，不过是谁分了谁结了，不过是谁生了谁流了。别说明星了，在她周围，一夜之间，忽如千树万树梨花开，眼中所见，皆是婚车与婴儿车。无数人在她呼吸间赢得人生常规赛的规定分数，而她不仅犯规出局，至今还在孜孜不倦地练习着自选动作。

她打个哈欠，仰靠在高铁车厢舒适宽大的椅背里。车窗外的景致被搅碎了似的模糊一片，带着人的视线飞速滑过——又是一次万年不变的出差旅途。

自从上回闪电结束恶作剧般的相亲式婚姻，家里人便再没当面提过一句结婚的话。没了安排好的各种相亲，萧瑶的个人生活一下子安静下来，手机渐渐沉默得可怕，唯一时时刻刻惦记着她的就只有移动发来的月账单手机报、天气预报、节日问候，总是准点送达。这种日子一久，人的心里就空落落的。

萧瑶在供职的外企里是属于人事部门的，但因为她再次单身，跟父母同住，没有牵挂，财务部便会偶尔请求她帮个忙，到外地去查验分公司的报销账单。她的公司和机关的财务政策就是有这样的不同，要求所有的消费必须同时取得发票、小票甚至POS机刷卡单，与报销单核对一致才予报销。虽说这已经在一定程度上防止了各地销售人员虚高报销造成公司成本高企不下的行为，但总还是有不少员工通过非法渠道买来发票，伪造小票和POS单。外籍老板很烦恼，就命财务部必须派专人到各地查验报销单。查验的方式也很奇特，财务人员根据发票上的图章搜寻店家地址，在当地找到那家店去吃顿饭，来取得相关票据，与员工的报销单核对。

财务部忙不过来的时候，有时就托萧瑶帮个忙，一次在南京，她尽职尽责地根据发票上的图章找到那家当地饭店，明明就是一家比大排档大不了多少的小龙虾店，可报销单金额却高得吓人，一味是海鲜鲍鱼高档酒。那回她帮公司挽回一大笔损失，还揪出了几个坏分子，名声大噪，老板也很高兴，结果就是，财务部后来几乎就把她当成自己部门的人来用了。

世界上，总有一些人是不喜出差的，他们嫌弃一路奔波人生地僻，嫌弃身处异乡每晚荒芜得不知做什么，也嫌弃清早在陌生但又格局一致的房间醒来恍惚不知身在何处。但萧瑶不是这种人，她很容易就喜欢上什么，确切地说，她很容易就习惯有秩序的事情。习惯固定一家航空公司，习惯入住连锁星级酒店，习惯被训练有素的服务生称呼一声“萧小姐”，更是满足于小小拉杆箱里每样物品各就各位，再被分门别类地摆放到每种房间的每个梳妆台上。出发，到达，出发，又到达，这个过程按部就班周而复始，几乎从不错位，比起她在上段婚姻里领受过的欺骗和背叛要靠谱多了。

飞机离地那一刻的加速，每次都把她像气球一样扯离地面，每次都带来短暂的呼吸困难，每次她都心怀忐忑与不安。愈是这样的时刻，愈是萧瑶嘈杂而未有喘息的生活里最娴静的时刻，她才会去想一个人才会想的东西，过去或者以后。而且，每次出差又能额外赚到一笔补贴，积少成多，对单身女子来说大笔积蓄带来的安全感不亚于一个称职的丈夫。而最最有趣的是，这份兼职时不时地让她感觉像个侦探，手握蛛丝马迹，千里迢迢赶赴犯罪现场，独立调查后作出判断，写出处理意见，颇有寻根究底以及主宰他人命运的快感。

这么想着，萧瑶不知道自己脸上又漾出了笑意。

手机铃声响起来，是小姨的短信："今天有同学会，不能陪你了。"

萧瑶嘴角一撇。前天打的电话，她居然到现在才记得回短信，看上去过得很充实么。萧瑶的小姨年近五十，早年离异后便一直没有再婚，当萧瑶渐渐吃不消频繁的出差时，赋闲在家的小姨自告奋勇提出给她做旅伴。萧瑶曾经寻思过找小姨做出差伴侣这回事，到底算不算是件有意义的正常事。一个自食其力的职业女性，居然需要长辈来陪出差？可全家除了小姨，估计没有人能那么深刻地理解单身萧瑶的烦恼了吧。

有一阵子，萧瑶的出差越来越多，行程越来越长，间隔越来越短，她开始有点招架不住了。有时前脚刚跨进家门，箱子还没打开，后脚电话就追到，新任务来了——财务部当她是女超人了。可旅途再新鲜，总有一天也要厌倦，何况还是以工作的面貌出现。而最根本的原因是，萧瑶偶尔享用的那种叫作孤独的东西，若不是与生俱来，那就真的只能偶尔为之，只适合拿来摆摆姿态装腔作势。如同小酒能怡情，豪饮却伤身，但凡喝喝小酒，总有三两知己，寂寞之时却往往是豪饮之日。总是在一些特殊的钟点，午夜十二点后，凌晨五点以前，萧瑶在异乡的大床上猛然醒转，被铺天盖地的孤独深深笼罩，捉过枕边的手机，除了“中国移动”四个字什么也没有。这些夜阑人静的时间段，本来最适合跟还未敢坦诚相见的某个人在短信中保持距离地你来我往，可萧瑶没有，她没有一个无聊短信的合适送达号码，没有一个可供暧昧的对象。她只能注意着手机屏幕渐渐暗下去，注意到留着缝隙的遮光窗帘从背后慢慢亮起来，才缓缓闭上眼，半梦半醒地熬到闹钟响起。说到底，萧瑶从来就不是能够真正享受单身的姑娘。

“没事，我已经在路上了。玩得开心~~”萧瑶想了想，打出延展的波浪线符号，像一双微笑的眼，不至于让小姨在文字表面看出自己的失落。其实在她内心，挺喜爱有小姨的陪伴，单身的小姨是真正的乐天派，因为经历过不幸而对人事多了些放任的宽容，她对待萧瑶的终身大事从来不会像萧瑶的父母那样，嘴上不说，却处处暗示。

现在倒好，中年妇女都有热闹的同学会，自己呢？

萧瑶拿指甲刮擦着车窗，意识到自己的业余生活早就像一张玻璃纸，脆薄，透明。

同学会，有什么意思呢，她好久都不去参加了。开始是单身同学之间比拼事业成就，后来是有家室的同学之间玩起了暧昧，再接着，再接着就有人带着孩子来吃饭了。萧瑶可以说的话在头一回吃饭的时候便已说完，她始终原地踏步，跟不上他们的前进脚步。拒绝了一次，拒绝过两次，渐渐地就没有人来联系她了，也许她早就变成他们开席前的某个话题，渐渐地会连这样的话题也不存在的。达观地看，这也算一种幸运吧。

她叹出长长一口气。因为这股气息，车窗上起了薄薄的雾，雾气凝住的小团面积，像块毛玻璃，使映出的景物变得更寡淡，却也带出一番雾里看花的清新。萧瑶出神地看了很久，直到水汽渐渐蒸发在暖风里。已经初冬了，车厢里的暖气打得火热，萧瑶脱下了外套，搭在扶手上。环顾四周，乘客并不多，都静悄悄地轻声说话，的确是一派高铁——她称之为高档铁路——的样子。她仰头靠到椅背上，对这堪比飞机商务舱的宽敞座位感到满意，可一想到要去的地方和要做的事情，一想到这望不到尽头的重复工作，她怎么也高兴不起来。

萧瑶所在的城市刚刚取消了到这次目的地的航班，这么一来，一个人的出行对她来说便显得更艰难了，最后她只能勉为其难地去坐火车。她真是最讨厌火车站人来人往的拥堵了，提着大包小包的她虽万不至于看上去像个民工，可也足以令她有种技术工人的错觉了。而她，是会反复在意这些旁人看来或许无关紧要的错觉的。于是她报复性地预订了当地最好的希尔顿酒店，而据说酒店还将安排专人专车来接站，只有想到这种超高的性价比，她才暂时踏实起来——萧瑶的美好感受几乎永远来自这种物质上的保障。

二

没想到免费的接站服务竟有这般高级体验，穿着黑西装的专职司机，举着姓名牌等候在出站口最显眼的地方，稳妥得体地送她到酒店。进了房间，早就有一束长茎玫瑰摆在花瓶里。萧瑶倒在床上，舒坦得一塌糊涂。

简单洗漱后，她来到酒店顶楼的自助餐厅吃晚饭。时候不早了，可大厅里出乎意料地热闹，这么热闹，她孤身一人占着一张桌子的情形，就有点提也不愿提及的难堪了。

刚坐定，手机就响了。不用看，就知道是家里打来的。

“瑶瑶，饭吃过了吗？”是母亲。

“正在吃。”

“吃点什么？”

“吃点饭。”

母亲在那头沉默了一小会儿，又好像恍然大悟般“嗯嗯”了几声。

“放心好了，我会注意安全的。”萧瑶有了挂电话的意思。

没想到母亲突然间话多了起来，一贯腔调变得响亮：“那条狗啊，瑶瑶，我说真是见鬼了，你知道它今天做了什么？它今天把鸟笼都弄下来了，幸亏我及时进家门，否则……”

萧瑶把手机移开，听筒紧贴到大腿上，似乎还能辨认出母亲的话叮叮咚咚地砸在她肉上，声波震得大腿几乎生疼。她再次举起电话，还来得及听到最后一句：“……你赶快想个办法把狗处理了！”

“知道了知道了。什么处理不处理的，又不是东西。妈，你别老这么紧张。”按掉电话，手机回到待机状态，屏幕上正是狗的照片。

它是萧瑶上个月在楼下捡回来的一条狗，全身乌黑。萧瑶出差回来，在楼下拖行李的时候觉得行李重了很多，回头一看，就是它叼着轮子在使劲向后拉。

萧瑶没养过狗，但她觉得自己应该是喜欢四只脚的小动物的。黑狗虽然黑但相貌很好看，豆子般两粒眼珠子下挂着两坨大眼屎，萧瑶呵斥：“走开！”它毫不松口，还抬起头盯着她，两个眼睛间距极大，有点像比目鱼，也许更像女明星舒淇。萧瑶为这个自作聪明的联想得意地笑了，她强行拖着箱子往上走，狗就叼着箱子跟着她进了家门。

在萧瑶的坚持下，狗被留在了家里，想起上回搬出去结婚的时候，她就很想养条狗，按理说她这个年纪了，应该是想养个孩子比较正常，但不是，她不喜欢两只脚走路的动物，从一只鸟到一个小孩。她想养条狗，据说狗很忠诚，除此之外，大概没有别的原因了。父亲没有说什么，母亲起初还挺新鲜的，只略略嫌弃它活动范围太大不好掌控——最后的事实完全证明了这种担心。有一天萧瑶还没踏进家门，就听到母亲的呵斥。黑狗乘人不备，把阳台上的仙人球连皮带刺吃掉了，而所有泥土平平整整地压实了铺在地板上。萧瑶走过去，想好好教训它一顿，它却涎着狗脸蹭到她的腿上来了，喉咙里还发出呜呜的声音。萧瑶何曾见过一只动物有这样的举动，当时觉得是无比可怜，哪里还打得下手。

可接下来这只动物的闹剧却在主人的纵容下愈演愈烈，仙人球之后，是另一些植物，在一夜之间失去了所有的嫩叶；几张椅子，无声无息地就短了一截成了瘸子；沙发上的靠垫，用父亲的话来说，总是缠绕着来路不明的毛发……只要人类走开一会儿，狗就总能找到自娱自乐的方法，遭殃的不是花花草草，就是零零碎碎。萧瑶寻求对策，将它关进了卫生间，开始还能听见它在里面咕噜咕噜乱嘀咕，过会儿就没响声了，大家终于松了口气，等到吃饭的钟点，开门一看，那家伙津津有味地把卷筒纸撕得极细极碎，铺满了地面，就像下了一场小雪。

母亲以当家人的口吻，当面唠叨："瑶瑶，这样下去是不行的，总有一天家里被它拆光了。"她还说："我现在连门都不敢出了，不晓得进门后里面是副什么样子。"父亲的跑步时间变得越来越早，萧瑶难得的懒觉也被迫取消，谁让狗天没亮就醒呢。

这回出门前，母亲曾要萧瑶"想个彻底的解决办法"。总归是条捡来的狗，总归不是亲自养大的，打个不恰当的比方，不是家世清白一路走来的少年夫妻，互相之间谈不上浓情蜜意。萧瑶曾经把狗拖到马路边，说你走吧。没想到隔天下班，它又等在门口了。

"难道只能杀掉它？"她捏着手机，满脸嘲讽，好像在对着母亲说这句话。

三

八点多，她扒拉着盘子里几片菜叶，思忖着接下来是不是应该到大街上逛一逛的时候，周围零星地生出些骚动，开始她没在意，直到有人惊喜地大叫“开始了”，于是就连那几个端庄的侍者也都按捺不住身形地左顾右盼了，依稀听到人们在说什么“月全食”。

月全食？这名词太陌生。除去刮风下雨出门带伞，萧瑶向来不关心大气层的事情，而且跟大多数人一样，大气层外面的天文事件更好像是科幻电影，属于某种故弄玄虚的故事系统。此时此刻，很多人在抬头看天，有人走到玻璃门外的露天桌子旁，他们朝顶上指指点点，让萧瑶的好奇心忽然间旺盛起来。她端着盘子也来到外面的人群里，一些人举着手机，一些小孩子爬到了空桌子上，萧瑶顺着他们的视线仰头望去，蓝灰的天幕里，圆月油亮得仿佛刚刚剥出的咸蛋黄。

哪来的月全食啊。萧瑶默默地站在人们背后，漫不经心地望去，没看出月亮的一点变化，她也想随口问问边上叽叽喳喳的人，可总是开不了口。寒风袭来，她紧紧衣服，觉得一个人要是正经事不做，在这种冷得要命的晚上看什么月全食简直滑稽透顶，还不如回房间收收邮件上上网。转身就要进去了，余光扫到旁边略低的裙楼顶上，那儿依稀有人——仅是一个人。同时，看那剪影，似乎还有一架——望远镜。是望远镜吧，萧瑶琢磨着。这一人和身边的一堆人形成古怪的对峙，他的孤独因而显得与众不同。强烈的好奇心在这夜里陡然而生，萧瑶真想摸过去瞧一瞧。

萧瑶是那种很少允许自己的路线里有突发事件的人，可身处异地常常就这样，不会顾及前因后果，然后难以言喻地做些一般不会做的事——这倒是非常像她小姨的作风。她沿着消防通道的楼梯，居然也上到了顶楼。她是第一次走到这种大楼的顶上来，灰白的水泥面坚硬地延伸出去，和暗沉沉夜空连缀到一起，陡然生出几许走投无路的幻觉。头顶的月亮貌似越发圆润了，月光下角落里的那个人，也同时注意到了她。

是个男人。他转向萧瑶，可能是在看她，用不远不近的距离。

萧瑶装模作样地绕着四周转了圈，然后才慢吞吞地走过去。“果然是望远镜啊。”她友好地说。

男人站起来，他的脸朝萧瑶凑上来，她终于把他认出来了。“萧小姐，是你。”酒店的专职司机笑着说。

萧瑶吃惊了：“你在这儿干吗？”

“打月亮。”

“打月亮？”

男人走到望远镜另一侧，弯下腰扭动了某个零件，然后说：“像不像大炮，要把月亮打下来？”他看上去有四十岁了，也可能更老一些，萧瑶猜想不久以前他在车里也是这样透过后视镜看自己的。

她忽而有些失望，大概完全是因为那话里的方言口音，在这两人独处的寂静里，尤其刺耳，使得她意识到了某种不恰当的存在。她绕过望远镜，就正好面朝了回去的方向。

和男人擦肩而过时，他说：“我以为你也是上来看月全食的。”

“下面人太多。”他又说。

“你想不想用望远镜看一下？”他接着说。

萧瑶就只得停下来，他把位置让出来，她姑且凑上去。一圈软软的橡胶制品抵住了眼圈，待她看分明时，简直要被充满视野的强光灼伤了。“这么亮！”她惊呼。

“今天不是很亮，适应了就好。”

等眼睛适应了小孔中的月光，萧瑶又被一种奇异的不真实感笼罩了。它那么硕大，远在天边又近在眼前，边缘锐利，表面却不平展，遍布大大小小的坑洞。“真像切开的埃曼塔尔奶酪！”萧瑶感叹。

“什么奶酪？那东西我没见过，我老是觉得月亮像强拆后的建筑工地。”男人说，“天狗食月。月亮已经开始被吃了，发现没有？”

萧瑶本来正打算走，被这么一问心里又痒起来。她记得小学时候看过的某次日全食，老师教大家拿墨汁涂黑了塑料片，于是萧瑶就在中午放学路上对着黑片看太阳——不知道是萧瑶那时已经开始近视，还是塑料片的清晰度太低，她依稀记得刺目的光线只是略微减弱了一些，太阳依旧是个边缘膨胀的爆破体，不能直视。如果她今晚看了月全食，那么两个星星的全食不就都看过了？这是很好玩的经验吧，久违的童年脾气跑了出来，于是萧瑶又凑上去，一边观察一边咨询。在男人的提醒下，萧瑶终于注意到月亮的一块隐约淹没在黑暗里，算算面积，似乎还是挺大的一部分，之前她并没有注意到这块边缘模糊的阴影，是因为她带着某种固有的错觉以为这就像一张在液晶屏上显示的图片，因为视角的倾斜才使画面有了一块暗角。

她笑了，说出自己可笑的理解，暂时便不想离开了。男人点点头，顺势坐在地上，两个人之间安静了许久，然后他说大部分人尽管一辈子都没有抬头看过天，可对天上的事情倒常常先入为主。“你说下面那些人，他们都在起个什么劲？”

“他们很热闹啊，比你孤零零的热闹。”

“热闹？他们找个借口吃顿饭，记住拍张照，手机拍的也不要紧，要紧的是及时发到网上去。”男人冷冷地说，眼神里带一丝怜悯。

“可能吧……”萧瑶迟疑地应着，她竖起耳朵，听不见底下人群喧闹，想象着他们置身于一场众生的宴乐中并自适地存在着，而她从他们当中走出来，现在只有楼顶的寂静跟寒冷一样，沉默而巨大地隔在她和他们中间。这岂非有点像……神经病？萧瑶脑子里冒出了这个词。

“初亏，食既，生光，复圆。听过吗？”男人问道。萧瑶表情迷惘，男人不置可否：“说的是月食的整个过程，这些大概都是古时候人留下来的叫法。你知道你看的月亮和他们看的是同一个月亮吗？”

“这不是废话吗？”萧瑶被这个显而易见的问题逗笑了。

“我常常看着月亮，一晚又一晚，哪个地方有几个坑，有几座山，隔几天去看，还在那儿，就像自个儿脸上几条疤，几块斑，都是一清二楚的。”

“我也常常想，李白写诗喝酒对着的，其实也就是这个月亮。”

“外国传说里的狼人，在月圆的晚上会变成真正的狼。那也是这个月亮。”

“嫦娥抛弃老公，投奔而去的，同样是这个月亮。”萧瑶接过了男人的话，紧张感终于消失殆尽。

“这是不是太神奇了？”男人问道，“古往今来，此时此刻，多少人在抬头看着同一个月亮……”

“有什么神奇的，因为人的寿命短，月亮的寿命长啊。”萧瑶挨着他坐下来。

“这就是问题。我们经过的一切，只是月亮生命里最微不足道的一点。”他接着说，“沧海一粟、物是人非，你只有抬头看到天空才能明白这些成语的意思。”

“你看现在的月亮，快看！”不待萧瑶消化这些话，男人抓住她一把拎起。萧瑶都来不及嫌恶，就被推到了望远镜前。“已经不见了？”萧瑶用肉眼望望，再凑回望远镜前。

“注意看。”男人校准了镜头。

在月亮本该存在的那块区域，萧瑶注意到整轮浅橘的颜色，淡淡地渗出来，最终形成局部有暗影的一个淡红色月亮。“这不是有烂疤的橙子嘛！”她笑了。他也笑了。

“月全食结束了？”

“没有，现在才是真正的月全食。”男人解释道，“地球的大气层，能把被挡住的太阳光的一部分折射到月亮上，月亮就变成现在这个样子了。”

“好奇怪……居然是红的，红月亮哦。”她喃喃说。

“是个乌月亮哪来这么多人起劲地看？”男人做了个听的手势，“听见没有？”楼下轰然传来人声鼎沸。

“那群人怎么会这么激动……”男人道。

“我想，他们是觉得浪漫。红月亮挺有诗意的。”萧瑶说。

“地球上的人和地球一样，因为总是被大气层包着而安全感十足，埋在自己那点蝇营狗苟的破事里。偶尔抬头看到点什么，就弄得大惊小怪的。”男人又坐下来，神情也松弛了，“不过总归还好，起码他们知道抬头看看天，大部分人一辈子都低着头呢。”尾音被他轻轻地吐出来，有种悠长的韵味。那一刻，一些从来没有过的陌生情绪感染了萧瑶，那东西闷得她胸口阵阵发紧，她真想脱了外套，在空旷的楼顶跑上几圈。一直到今晚之前，她都认为早就没有多少事情能让她的感官变成那样了。

他转头看她，一直模糊的眼神明朗许多。“你瞧，天空里所有的大块大块的黑，那是什么？”

“宇宙呗！”她脱口而出。远望，红月亮的背后是无穷无尽的黛色。

“宇宙是什么啊？”

萧瑶哭笑不得，谁啊，谁会没事去想宇宙，仅是发出这两个音都引来一阵滑稽感。她在头脑里搜刮，最后一次的提到，估计也是在高中课堂了，物理老师说宇宙太大了，那种大啊，大到什么样子？“你的心胸多宽广，宇宙就有多宽广”——这是老师当年的原话。萧瑶重复给男人听，男人哗啦笑了。

“你真的是司机吗？没见过司机这样的。”

“我以前是物理老师。”

“那怎么会去开车的？”

“我就是喜欢开车，不喜欢教书。”男人有点耍赖，“开车好啊，手握方向盘，踏踏实实，亲力亲为啊。”

萧瑶摸不准这口气是不是调侃，她问：“辞掉这么稳定的工作，家里不反对吗？”

“反对，那当然。爸妈讲我不孝顺，老婆骂我不体面。”他淡淡说道，“一直在闹离婚呢。”

“我刚离婚。”她也不晓得哪来的勇气就莫名其妙说了。

男人抬起头，深深地看着她。“没什么大不了的。你抬头看看，真的，对我来说，只要从望远镜里看看宇宙，什么都过得去了。”

“天上有云，有星星，那包裹住所有星星的是什么呢。你说这叫作‘宇宙’。那‘宇宙’又是什么呢？”

“你太奇怪了。这样连环问下去，哪来答案？”

“我就是有我的答案。我觉得‘宇宙’这个东西，是所有暗物质的集合。你知道暗物质吗？”萧瑶摇头，男人继续说，“它们几乎充满了整个宇宙，它们以无形的形态存在，它们不发出辐射也观测不到，但它们用看不见的引力线，把所有的星星嵌入了轨道，也许还将它们拉离既定的轨道。”

这些话字正腔圆地，从男人的嘴里出来，仿佛带上了夜的隐秘。萧瑶像个学生，聆听了这些对她来说不啻一场奇遇的谈话。她自认为灵敏的职场大脑，在这对话里毫无用武之地，那些骄傲的口才，那些平日的随机应变，在区区几句真幻不辨的宇宙理论前，都灰飞烟灭了。她刚刚意识到一个事实，她从未遇见过这样的男人。她好像看到了生活正以前所未有的宽度，以另一种面貌在她眼前呈现出来。

已经过去了很长时间，男人盯着淡红色的月亮一声不吭，两个人陷入了持久的静谧。萧瑶感到切肤的寒冷，她紧紧大衣，却也不愿意马上进楼，她转到楼梯口，给家里打了个电话，她说你们快看月全食啊！听筒里传来父亲有气无力的声音：“还没睡啊，瑶瑶？我跟你妈老早睡着了……”萧瑶失望地哦了声，父亲又蓦地抢白：“狗！那条狗，你妈说闹得要命，你赶紧想个办法，你不想办法她就要烦死我了……”她捂着手机，等了一会儿，按了挂断键。

男人在收拾东西了，萧瑶没有再走回去，她注视那个背影，虽然是有点颓态了，但清雅、从容，和开车时西装革履的轮廓分明有差异。更要紧的是，她发现，原来人跟人萍水相逢，也是可以谈谈头顶的星空的。这么一来，她心里便充盈起轻松的泡沫，像细胞分裂，数量以指数级增长。他扛着机器迎面走来，她低头让开，他在她面前停下了。两个穿着冬衣的人形面对面挤塞在狭小的楼梯口，他忽然说：“你真年轻。”

“年轻？说笑吧。”萧瑶莞尔。

“你抬头看天的样子，像个学生，高中生。”

“太夸张了，我没这么幼稚，同事都说我眼神苍老。”萧瑶试图开个玩笑。

“我看得出来，你还是孩子。”他微微低头，盯着萧瑶的眼睛，“我特别喜欢孩子，他们都有那种纯洁到孤单的眼神。每个人都当过孩子，只是他们后来全部忘记了怎么当孩子。”他放下机器，忽然抓起她一只手。萧瑶几乎眩晕，好像身上某处无关紧要的地方中弹了，不至于立刻倒下，却很是不知所措。“初……亏，食……既，记得住吗……”男人一边念叨一边在她掌心比画着，他垂着眼，指尖冰凉。这些词顺着体温的落差，仿佛立刻跳脱了句的束缚，而精确地投放到她内心。她低头抽出手，好像下定了很大的决心：“我该回去了。”男人重新扛起望远镜，横过来的镜筒擦到萧瑶的皮鞋，在上面拉了一道长长的划痕。而她只是低头看看，像在梦里一样，毫不可惜这双价值数千的奢侈品。

这两人的背影如同像素极低而噪点极高的夜景照，胡乱消失在楼梯拐角。红月亮孤零零地悬在天际，它的边缘正在产生一小块亮斑，越来越亮，越来越黄，这颗地球的卫星最终将从地球的阴影里走出来，给世人一个圆满结束的亮相。

四

萧瑶在早晨醒转。床前的玫瑰开得比昨晚又大了一轮，紧实的花心舒展开来，有几朵花瓣甚至完全卷曲了，摆出昂扬向上的等待姿势。她在被窝里伸个懒腰，看到了从落地窗帘背后投射出来的朦胧日光。

恒星，这是一颗恒星发出的热量。脑海里忽然蹦出这样的说法。把太阳叫作恒星的念头，让她一下子回到了昨晚，两个再普通不过的生物，站在一颗行星上仰头观望一颗红色的卫星。

床现在看起来就如同一张满是皱纹的老脸。有一些蒙太奇镜头穿过她的脑海，叫她忽然脸红起来。几段幽深的消防梯，细碎的脚步，灯火通明的楼层，她恍恍惚惚地回到房间，倒头便睡。睡得不好，做了一些古怪的梦，大概是些十多年前的片段，中学的柔软时光，横七竖八的桌椅，不三不四却英气逼人的篮球男生们，慢镜头般无声而夸张地跳跃奔跑在色调暗淡的底子上。直到辽阔苍穹倾斜着翻转下来，像兜底的汤勺，把各种零碎的人和物件一股脑儿盛了进去。梦境里的萧瑶看到汗水、校服、自行车和白球鞋们，失去重力飘浮在周围，还有一阵悠远的南风，也凸出无形的轮廓，让被包裹住的气体都扭动起来……

这段时光于她而言，走去得太远太久，此刻又凭借着梦的形式渐渐立体起来，她在这般远离又依稀逼近的过程里变得越来越轻松，失去沉重的地心引力给她带来不可名状的愉悦。宇宙赋予皮肤幽蓝的光泽，有形状的风给了她轻盈的思维，她伸出手臂，用既是飞翔又是游泳的姿势，拨开浪花一样纷繁泛滥的事物，不断往前方去，竟寻到了那张前一晚刚刚见过但很快遗忘的男人面孔。

此刻，那张脸庞被淡淡的光晕笼罩着，五官显得突出而清晰。他微微笑着，拨开气浪向她游过来，抓住了她的胳膊。清冽的凉意传来，令她的心一沉，莫名地开始忧伤。她俯身贴近男人的胸膛，听见心脏跳动的回声，在寂静的夜空里显得郑重其事，忧伤便渐渐被这身体的接触淡化了。两人像章鱼一样，迫不及待地向对方伸出无数只手和脚，静美的身体交缠在一起，互相都感到了温暖。她像回到了生命的原初状态，仿佛胎儿安睡在液体里，全是没心没肺后顾无忧的满足。

以至于，这奇妙的一夜冒险之后，当萧瑶和 Grace 坐在 Tom 面前的时候，根本就进入不了工作状态。

外企里，即使国人之间，也都煞有介事地互称英文名。Grace 是当地分公司接待萧瑶的女孩，Tom 是这次发票报销的调查对象，看上去两个都是职场新人。萧瑶出发前，就清楚财务部的交代，Tom 的报销票据有厚厚一沓高额度的餐饮发票，小票和 POS 机刷卡单一张没有。按照他们的经验，这多半是典型的虚报发票。但萧瑶必须先走一个所谓的客观公正流程，她必须问 Tom 为什么小票一张不保存，为什么每次都没有 POS 单，当时有没有发生什么特殊情况才导致票据不一致或者因为什么原因让他提供了不符合公司财务要求的票据……

问题是一连串的，萧瑶公事公办地说出来，熟练得像背书一样，停都没有停。在一边做记录的 Grace 瞟了她几眼，她才注意到。她放慢了语速，并给了 Tom 一个干巴巴的笑："我来是例行公事，接下来可能还有一个实地调查的环节，我会到这些酒店去考察价格。这个流程能不能继续下去，关键是看现在的谈话进行得是否顺利。Tom，希望你能以诚相待，支持我的工作，给自己留点空间，也节省双方的精力。"

Tom 长着一张寒酸的脸，西服也不合身，袖口过长，好像不懂如何应对。没见过世面，萧瑶匆匆下了定义。她虽不耐，但得一本正经地等着，脑子里却在跑火车，思维总是不由自主地绕回到刚才出酒店的时候。

她想叫酒店的车，Grace 的电话却说亲自来接，当她坐在大堂等待的时候，透过玻璃幕墙，看到隔壁的裙楼，迥然是白天的模样，从现在的角度望去，也看不见楼顶。常绿植物的树冠被修剪成圆形，影子一样毫无动静地贴着浅棕色外墙。萧瑶的目光缓缓滑过，她起身往那幢楼疾步走去，远远地，一块"禁止通行"的牌子竖在入口处。她发着呆，整栋楼都是冷冰冰的，好像她从来没有来过。而昨晚活生生的美梦仿佛爱丽丝的仙境，一处通往地底的兔子洞，只能属于暗夜，会在黎明到来时支离破碎。

当时她就有一丝后悔昨夜竟敢贸然上楼，她本来可以不理会什么月食的。跟她有什么关系呢，最主要的是，那又有什么意思呢。可她毕竟还是去过了，那种感觉甩都甩不掉，卡在喉咙里硬邦邦的，直接叫眼下正做着的一切，酒店、出差、周而复始的日程，倏然间就失去了古往今来所有约定俗成的意义……

在这冷场的当口，Grace 就像拔去塞子的香槟酒，没完没了地喷出了几十秒的话，都是对 Tom 的劝说。萧瑶无法控制地开始厌烦，不只是聒噪的她，还有沉默的他。

Tom 呢喃着终于开始说些什么了，萧瑶却一句都听不进去。她恍然回神，注意到 Tom 的嘴唇上，两撮还没长到一起的胡须绒毛，在抖啊抖。小伙子实在太年轻，不要替人背了黑锅还不自知，她在心里说。

假意咳嗽，喝口水，萧瑶用虚张声势的语气说："时间也不早了，我看咱们就到这家店去吃午餐，Tom 带路，给我们点几个像样的酒菜，顺便完成核对任务。"

这一诈，她就等着看好戏。Grace 慢吞吞地做着面谈记录，最终这份记录需要面谈双方和第三方的签字确认。

"萧小姐……"自始至终，他没有按惯例喊过她的英文名，她心中一凛，"我没什么好说的……你看着办。"

面谈貌似每一步都带着替对方考虑的无罪推定，事实上却尽是狡黠机变，过去的萧瑶时常在心底油然而生出抽丝剥茧的快感，做这份工，她一直迷恋的都是某种洞察和主宰的感觉。可现在，面对Tom身上她难以分辨真伪的青涩紧张，她居然感觉到自己的可笑和惭愧。她在Tom眼里看到了似曾相识的东西，微微恐惧，也许是希望？但愿不是嘲弄。她毫不确定。不确定是该为此悲伤还是庆幸。唯一清楚的是，恐惧没有让他变得更勇敢，而希望或许在此刻要比恐惧更强烈。

“昨晚你看到月全食了吗？”萧瑶冷不丁问道。Tom猛抬头，怔怔摇头。

“月全食不是黑的，其实是红的，浪漫的橘红。”萧瑶淡淡地也是不肯定地继续说，“为什么会有月全食呢？据说是因为一种叫作暗物质的东西，这很奇怪。你知道暗物质吗？它无色无味，到处都是……”她的声音没有把握，越来越轻，到最后像是喃喃自语，索然无味。

“Amy，这跟谈话无关吧？”Grace和Tom面面相觑，忍不住打断。

“一点关系都没有。”萧瑶说，“我看就到这儿吧，无所谓。”她起身收拾文件。“你俩都不用陪了，后面的事情我一个人做。祝你好运，Tom。”Tom被这一切搞得措手不及，他忙乱地抢前给萧瑶开了门。

顶上的中央空调出风口，挂了根红绳子，在飘啊飘。萧瑶注意到它很久了。

一切都和词汇本身一样毫无意义。出门的时候，她使劲地甩上围巾，紧紧地绕了好几圈。

五

出差回来，萧瑶就请了长病假，老板一句“take care”，背后更多的含意是快好起来别耽误工作。

回到家里，家里什么都没变。

母亲依旧勤于侍弄某些脾气娇贵、不适合长江中下游的花草，昙花、蝴蝶兰、三角梅……耗费着大量多余精力。后来又养八哥，每日亲手饲喂、把玩、调教。这鸟后来也识得主人，看到萧瑶母亲就扑腾翅膀欢呼雀跃，活脱脱是家里多了个小孩。寡言的父亲在这女性多过男性的家里，一直是母亲的影子，轻声轻气地洗碗、拖地、倒垃圾。

萧瑶向来不爱园艺，无法参与到母亲的爱好中去，也绝对不会起个大早随父亲绕单元楼跑两圈，过去她尤其害怕活泼的八哥，它比她更像这个家庭的一分子，即使那个家伙后来学会了在她下班时说“你好”也没让她对它多几分欢喜，反而更让她觉得某块地盘被侵占了。女孩子若过了三十岁还待字闺中，家人又不愿触及她的痛处，那她和父母的话题差不多永远就只有童年和工作两样事。童年趣闻都是嚼烂的段子，再重复也不出新意，到后来听者的笑容都是懒散的；工作的事情就是一份情况汇总，定期在饭桌上念一遍，让大家放个心，然后各回各的房间，各过各的日子。

本来，这个东西那个事情，就都在它们既定的轨道上，什么都没变。可这次回来她却好像变新了。

她会在晚饭后站到阳台上，对着母亲的花草呆呆地看会儿，有时逗逗八哥，引它模仿奇怪的声音，一副很有兴趣的样子。父亲看电视，她也能坐在边上陪会儿，有时还为其解释网络新名词。她不再对奢侈品、欧洲和度假表现出过多兴趣，她甚至还买了一些古怪的滞销书。无数司空见惯的东西因为本身的司空见惯，而更令她有了关注的兴趣。

狗的闹剧也和以往任何时候一样，没有止息。这些对母亲来说早已是家常便饭，可能是习惯了，她骂得响亮，却也安静得很快，那副样子好像是表示不管狗能不能处理掉，反正日子也就这样过吧。可即便如此，不再早出晚归的萧瑶，却渐渐深刻地体会到这有别于人类的哺乳动物所带来的烦恼。

这烦恼并非全部来自狗的恶作剧，而是长时间的居家生活使她开始对某些熟视无睹的现象有了疑问。只要萧瑶稍微有大尺度动作，发出大响动，哪怕就是剥开装零食的塑料袋，狗不论在何处，必立即赶到，做出谄媚的模样，赶都赶不走。萧瑶有时觉得可爱，有时觉得可笑，有时又郑重其事地以为这一切表现不过是群居或者口腹的欲望。一条狗凭着高度的智商，如何习惯于和人住在一起？为什么它可以有如此大量的时间耗费在围绕着人类的无所事事上，它有自己的生活吗？

偶尔她半夜醒来，充斥鼻腔的是一阵痒兮兮的骚味，狗多半躺在她的枕边吭哧吭哧睡觉，画面貌似美好温馨，暗中却令她的床铺遍布黑色绒毛。还有几次她深夜走出房间，冷不丁被软软的物体绊得要死，光火之下踢过去，狗只是潦草地甩甩尾巴。它躺在深色地板上，就像一种黑色本就生长在另一种黑色里，看上去得体从容。甚至有一天夜里，狗大胆跃上她的床，却没有像往常那样躺下来，它居高临下地站在暗夜里，毛色隐隐发亮，像一头真正的动物，混杂着异族蛮荒的基因，喉咙发出低沉的呜呜声。萧瑶像被什么钉在了床上动弹不得，人和狗以倒置的姿态狭路相逢，彼此在黑暗里对视了很久，那呜咽声才渐渐止息下来。最后，狗沉重地卧倒，发出属于犬类却和人类如此相似的一声叹息。

小姨终于有了男朋友，带着来萧瑶家。父母亲热络地寒暄，泡茶递烟。小姨在厨房拽住萧瑶，轻声问："怎么样？"萧瑶再次瞧了瞧那中年人，拘谨着，简单干净，没别的。

"挺不错。哪找来的？"

"你绝对想不到，是初中同学！读书时候坐在我后面。同学会上联系到的！"小姨像中彩票似的脸庞放着光芒，"嗳，我说瑶瑶，别泄气，永远要相信未来嘛！"

"哈，哈……"萧瑶干巴巴地答应着，心思飘忽，像水鸟轻点过湖面。

黑狗对着没有见过的陌生人狂吠，男人也并没有表示出一点对狗即对人的礼节，光是畏缩地后退和嫌弃。萧瑶心里是看不起的，嘴上只是不断说着"没事没事不会咬人"之类的话。母亲息事宁人地说："去遛一下。过会儿就安耽了。"

萧瑶牵着狗下楼，冬夜寂静，行人稀少。

狗顾自低头疾步行走，呼呼喘着粗气，清冷的气流从她嘴里鼻腔通过，鞋底和路面摩擦出细碎的嚓嚓声。此时，整个居民小区仿佛一艘巨型游轮停滞下来，被凝重夜色笼罩着，重又找回某种神性的东西，而变得焕然一新。各家的窗口像棋盘格子般或明或暗，依稀传出辨认不清的朦胧杂音，路灯每隔等距的几步便不出所料地悬在半空，是一排有规律的等差数列。远方霓虹闪烁，光点和光带红绿交错，若隐若现。

她抬头看到天幕上星光点点，像黯淡的头屑撒在肩膀上，有几粒或许早已经湮灭，而那些从不知多少光年以外射出的微光，万里迢迢穿越亘古，却依然照耀着蓝色行星上这群忙碌的生命，她和它，他和她，所有那些被无法言说的因缘联系在一起的事物。而一切皆勾起她熟悉而陌生的回忆，她仿佛已经成为大于自身的某种事物的一部分。

有些来自本能的踏实感悄然而生，萧瑶一阵短暂的心悸，不知不觉收紧了狗链。

黑狗停下急促的脚步，回头询问地看，热腾腾的呼吸喷在主人手上。

萧瑶蹲下身去抚摸它。掌心拂过，黑狗的眉眼低顺了，嘴角微微咧开，似笑非笑的模样。

在这温暖柔软的时刻，萧瑶不禁伸出另一只手，像对待孩子一样捧起了狗的脸。狗前膝酸软贴地，在坚实的硬马路上渐渐躺下，在她面前展露出银白的肚皮，嘴里发出咕噜咕噜的撒娇声。一个前爪举在空中挥舞几下，啪的搭在了主人的手里。萧瑶握住这只冰凉的脚爪揉捏着，头一回真正原谅了它所有的恶作剧。

变态反应

(关于一个药不能停的女人的故事)

杨生一个人，不远不近地站在一群人边上。

杜米一眼就认出他来了。

杜米拎着旅行包，一只手捏着口袋里的身份证。她正在Y城高铁站，从三层楼高的铁轨边，沿着自动扶梯缓缓而下。

有人擦着她的肩膀跑下去，把她带得一个趔趄。跑得不算慢，仿佛不快一点就不能标示出他在自动扶梯走台阶的意义。那人把箱子捧在胸前，像捧着谁的遗像那般小心翼翼。遗像轻，不过是看起来重。可箱子真的重，跑得再快，也不会更轻松一点吧，杜米替他心疼。

巨大挺拔的钢索悬臂在两边舒展，自动扶梯很长，设定速度迟缓，大概想要营造出从容不迫属于车站该有的气魄吧。杜米以这种平坦的坡度，从高处一点点降落下来，这段相对漫长的时间，足够她远远而从容地打量杨生，以及摆好自己的表情了。

杜米把刷完的身份证塞回钱包时，杨生正在朝她走过来。

他抓着手套，十根皮指套被紧紧攥成一束。他的头发少了，脸却多了棱角，看不出人到中年的颓势，反而还蛮挺拔的。杜米仰起脸，打算有个微笑，却带出一串喷嚏。喷嚏来势汹汹，带着后坐力，把她的身体都凹弯了。杜米每打一个喷嚏，杨生的身子就微微晃动一下，仿佛她是冲着他去的。

杜米身上发生这些变化，是在去过一次花圃后。

好几年前了。蝴蝶兰，或者天堂鸟，看过些什么花已经淡忘，只记得回到家就不停打喷嚏，开始以为是普通感冒，却断断续续，一直好不了。去医院检查，说得了过敏性鼻炎。被问既往病史，杜米想想说没有，她从小到大，没对什么敏感过。只是看了一次花展，就导致鼻炎了？医生在病历上涂字，没搭理她，只给了个喷雾剂。后来杜米在网上查，过敏性鼻炎不是什么大不了的病，就是发作起来够呛。一旦开始发作，那时候的状况，在医学上叫“速发变态反应”。顾名思义，这是某种忽然兴起的，跟常态对立的状况。而在杜米身上，变态已成为常态。每天早晨，她睁开眼睛，就跟等待阳光照进窗缝一样在等着鼻腔痒起来，而这期待几乎从不落空。必将抵达的痒，绵绵细细的痒，随新一天的空气生成，沿着通道向上走，直到眼眶变得湿润。喷嚏之后，左边鼻孔总是堵着，流出的鼻涕，来不及擦掉，人中被撩拨得一道痒起来。都说痒比痛还难熬，上下左右的痒连成一片，最终占领了所有的感官通路，直到整个人从头到脚被痒痒的浓雾包裹了起来。

杜米捂着纸巾眼泪鼻涕一顿喷，额头上方沉沉地压着乌云。她正陷入变态反应的发作里，简直没办法说话。

杨生接过了杜米的旅行包，在她的一片混乱里，仿佛在为她卸去一身负担。她回忆起类似的交接时刻，依稀能上溯到多年前，无数个类似的日子，相仿的气温，差不多的体感。哪怕一左一右的距离，也总是包含着无限分离和无限接近的可能。杜米胸口跳动了一下。

“你没怎么变。”他短暂地盯她一眼，说的是普通话。他们都是土生土长的 H 城人，从他们在那座城里认识的第一天起，说的就是 H 城的方言，一种南北杂交、硬邦邦的吴语。杨生曾经评价杜米说那种话时经常冒出来的儿化音，总是跟别人不一样，“兴冲冲的，好像刹车刹不牢就顺势拐过去了”，“这就是南宋小朝廷的贵族气质，你懂吗”，杜米喜欢这样回答，他们常常觉得这样谈天很有意思，一起笑起来。自从杨生定居 Y 城，杜米有十年没见过他了。

“我……我早上忘了吃药。”杜米暂时止住了喷嚏，但带着浓重的鼻音，从她嘴里发出的声音像是她已经哭了很久似的。她说方言，尽管她离开 H 城也同样十年，她还是想在他面前说他们的方言。

“你在感冒？”他说的还是普通话。

“不不，是鼻炎发作。”

“吃消炎药吗？”他把她带向停车场，“看起来跟感冒差不多。”

“不是的。”杜米在又一串喷嚏的空隙里艰难回答。杨生扶着车门，等她落座。

“是不是很多人在想你啊，这喷嚏打的。”

杜米在副驾位系上安全带，确定手提包里没带多余的抗组胺药。

她看过很多医生，吃过中药，用盐水洗过鼻，还试过偏方，甚至浸在蜂蜜里的生萝卜，也挣扎着咽下去过。根本没用，除了一种抗组胺剂。只要一粒，就能维持二十四小时的不发作。这种药仅仅是控制，它可以把变态反应产生的导致打喷嚏流鼻涕的叫作组胺的东西清除掉。靠这药根治不了，医生告诉她，只有做过敏源测试，找到究竟是对哪种物质过敏，并远离它，你的鼻炎才能痊愈。世上的物质何止千千万，杜米非常怀疑这种测试的准确性，何况她此时根本就没有兴趣去知道哪些东西是她不能触碰的。于是她只吃这种药。这是处方药，每次只能买一盒，一盒也不过六片。她每买一盒就塞在床头柜的抽屉里。对她来说这药就像冰毒可卡因，她或多或少考虑过是否终身得依赖它，但它也像秘密武器，小小一粒就能让她恢复常态。

她却忘记带了。杜米没心思去接杨生的玩笑，她凝视窗外，一片阴天，没什么可看的。

杨生太有礼貌，礼貌得生分。她还不老，但也不再年轻。她相信除了鼻炎，她不可能一点没变。头发长了，两颊失掉了婴儿肥，隐隐下垂，显出颧骨的轮廓来。皮肤粗看依然不错，可靠近了能猜出那种好状态的光泽不过是来自昂贵的粉底霜。当面发作的鼻炎或许让她显出疲惫，同样也让她懒得解释鼻炎药和感冒药的区别。她微张嘴，用不会特别让杨生注意到的程度大口呼气吸气，试图缓解鼻腔的负担。每一阵发作袭来，她就搓揉鼻子，让巨大的摩擦力覆盖难以忍受的奇痒。

杜米手机上有他俩见面前的几条微信。在那个框框里，她说，我明天来。他回答，好的。

是她去加他的微信，在他们不相往来的十年后。有一天翻电话本，一直翻到最后，杜米看到杨生的名字还在里面。当年这个号码存在她通讯录的时候，还没有微信。她想或许能试试用手机号添加他，假如不能加，那就不能加吧。

一个昵称在微信查找里弹了出来，她凭直觉几乎立刻确定这就是他没错。他很快通过了验证，杜米反倒有些沉了，平白无故地，好像添了点事情。

“怎么不说话？”杨生一边开车一边问。

“有点晕车。”一个好借口，杜米把口鼻捂得更紧。杨生搭在变速杆上的右手伸过来，犹豫地拍拍她的肩膀，一路再也没说话。

杨生把碟子推到杜米面前，他说这里的韩式秘制小牛腩是招牌。杜米搅搅碗里的肉，吮掉了调羹上的酱汁。

“我现在不喜欢吃肉了。”她说。

“为什么？”他问。

在外地生活十年，杜米同样习惯了说普通话。到此刻为止，她一直坚持跟杨生说方言。如果在平时，她会觉得这样不从容，也相当没有气质。她坚持这么做，似乎有种进入过去的幻觉。如果说方言让人看起来颇为乏味，杜米接下来真不想让自己永远是这般乏味的样貌在杨生的面前了。

杜米擤擤鼻子，放下筷子，挺直了上半身。她坦然注视着杨生的眼睛，用字正腔圆的普通话说：“因为，我一点性欲都没有。”

可能是她表情里某种滑稽的成分多过了言语的牵强附会，杨生的第一反应是大笑。

“这跟不吃肉有关系吗？”

“有啊。”

“开玩笑？”他说。

“开什么玩笑？”杜米不笑。

特别是这样的红烧肉。稠密的汤汁，辛香的味道，她没有食欲。

有天早晨，杜米醒来就看到身边人半裸的肩膀。她带男人们回家过夜，盈亏自负，这没什么不好。昨晚留下的男人不年轻了，肩头和腋窝衔接的地方褶皱既多又松，皮肤瓷白厚重，跟快上年纪的胖子一样油润而不透明。他是杜米同事的叔叔，来找同事时认识她的。他有时留宿一夜，睡醒了就走。他安静，不多话，杜米认为这叫稳重有积淀。当然这肯定是女人的一厢情愿，男人也许肚里空空没话说呢。他说正在离婚，杜米也不知道究竟离没离成，可能还是不要离比较好。杜米把自己的手臂伸过去，她也不年轻了，比起男人却远要扎实饱满。杜米一哆嗦，男人打了个更饱满的呼噜，隐约有一股来自他内部的气息——皮肉在身体里面闷着，不见天日的气息，跟冷空气一起刺激着她的鼻黏膜，她打着喷嚏，忽然就失掉了昨晚交缠的好兴致。她推醒他，打发他走，从此再也没有带任何人回来过夜。那以后，她感觉到大部分食用肉类，都有过于浓烈的气味，不管生的还是熟的，四条腿还是两条腿，这些气味总让她想起一些行将就木但还饱含诉求的事物，总是让她仿佛陷在沼泽里，她需要努力咀嚼才能消化。渐渐她吃很多蔬菜，偶尔吃一点鱼虾。洗澡也只用没有香料的肥皂，抹的也是没有气味的护肤霜。她这样过了很长一段单身日子，到最后她差不多就不感到身体的需要了，不光是上一次自慰在什么时候，就连做爱这件事，她也已经很少想起了。

“肉欲，肉欲，多吃肉才有欲嘛。”杜米自嘲地举起杯子。

“你以前可不会这么说话。”

“我以前还没有鼻炎呢。”

服务员走进包厢，给他们倒水。他们顺便都静了下来。

她的头发长了，扎起来的话，发梢悬着，有时候发尾扫到脖子里，会觉得凉。

“当然是开玩笑了。怕没话说。冷场。”杜米啪啪打着一次性打火机。

“我知道。”杨生回答。

“知道什么？”

“知道你怕冷场啊。”

“这也是开玩笑。告诉你，我说自己不吃肉没性欲，其实是在哗众取宠。”

“啊？”杨生的眼睛本来就不大，惊讶之下也不见得更大。

“装逼呢。”杜米有好一阵不打喷嚏了，两颊红扑扑的，似笑非笑地盯着对方。

杨生停顿了一会儿第二次笑起来。然后杜米也跟着笑起来，好像并没有注意杨生微微的被动和迟钝。

“你还记不记得那只烟灰缸？”

“什么烟灰缸？”

“红色，塑料的，印着一个啤酒牌子。”

“好像……记不得。”杨生说。

杜米问：“你结婚了吧？”

“离了。”

“有小孩吗？”

“不归我。你呢？”

“男孩女孩？”

“男孩。你呢？”

“我没结。”

“干吗不结？”

“不是说了，性冷淡。”

“那不是开玩笑的嘛。再说了，结婚跟性欲有什么关系？”

“那结婚跟什么有关系？”

杨生想了想，没答上来。

杜米夹了一筷子蔬菜塞进嘴里，说：“结婚不是跟稳定持久又安全卫生的性欲有关系吗？”

杨生第三次大笑起来。“敬敬你这个性冷淡。”他刚刮过胡子，两颊透着青色，很光滑。

“胡子，”杜米摸摸自己下巴，示意杨生，“剃这么干净？”

杨生有点不好意思，敛起下巴喝水。

“我老觉得刚刮完胡子的男人都像被阉过一圈儿，那样……光溜溜的。”

她的眼睛闪闪发光。杨生忽然放了茶杯，说去一下洗手间。

他去了很久。在杜米即将有不良预感的当口，杨生才回来，身后还跟着一对陌生男女。

“介绍一下，这是陈总。这是小杜。”

叫“陈总”的男人点点头坐下来，他身边的女孩也坐下来。服务员撤下碗盘，端上了茶点。

见到陌生人，杜米挺直了背。

“这么巧在外面碰到陈总，刚好谈点事。没关系吧？”杨生跟杜米说道。

杜米摇摇头。

忽然来了人，她和杨生之间刚刚恢复的微妙融洽消失了。杜米此行是找杨生来的，还没想过要见他的朋友。陈总大概四十多岁，脸蛋白白净净，有点即将跻身社会名流的气度。他看起来不像杨生的朋友，杜米敏感地注意到他穿着猪肝红色的上衣，前胸有亮片连缀的美杜莎头像。这个哥特暗黑的品牌，除了一线的价格，真的适合这类被称为某总的生意人吗……杜米本不想促狭地评判人家，好像该说点别的什么，又说不出来，只想笑，心里在回忆十几年前初见杨生的情景。杨生穿着H城最高级的百货公司中奖买的西服，举着百合，等在楼下。杜米看到那身银光闪闪的暗花纹西装，差点背过气去。杨生走上前来，步子有点犹豫但很是坚定，他挡在杜米面前，把花塞进她手里。那是他们第一次约会，杨生已经显示出了性格中的端倪，他固执而且实际，端正，不轻易让步。这些细节杨生肯定连烟灰缸一起忘记了，男人能记得住什么呢。

杨生给大家上一轮茶，和陈总说些寒暄的话。开始，陈总会偶尔看她一眼，杜米很怕他向杨生甚至直接对她提出一些问题。老朋友？是哪儿人？来Y城玩吗？好像人们从一个地方跑到另一个地方打算做的事情，都可以用“玩”来概括。假如杨生或者她回答了，陈总接下来会不会介绍旅游景点呢，看上去他像个本地人，甚至他已经在对杨生展现出了然于胸洞察一切的会意表情。本地人眼里，我这样出现的女人到底是什么？她自己也答不上来，杜米有点心烦意乱。

两个男人终于谈起股票，这个话题比刚才的闲扯安全多了，杜米松了一大口气。杜米不讨厌男人说财经，她讨厌他们刺探私事，这个世界大部分男人八卦起来远甚女人。刚过下午一点的开盘时间，杜米看到陈总亮着的手机屏幕上打开着炒股软件，望过去一片绿色。她便也有些心疼自己的股票，出门到现在，还没有工夫看盘，而盘面已经惨不忍睹。她不禁长叹一声。

被杨生听见，以为她无聊了，把干果零食朝她推过来。

杜米还没来得及问杨生现在从事什么行业，他和陈总已经切入正题，听起来杨生大概成了掮客之类的人。他正在纸上快速记下一些合同条款。杜米微微后仰，就能看见他的笔迹。潦草、狭长、精简，和他瘦金的肤色一样秀气。

杜米和杨生相识的时候，杨生还是H城的银行小职员。工作没两年，朝气未曾消退，成熟已添几分。他们用那时刚兴起的手机短信通讯，开始要两毛钱一条，后来降到一毛钱。有一搭没一搭地两个人一天下来也能互发几十条。杜米想想，在一起的那几年，已经过了写信的时代，确实从没见过杨生的笔迹。此刻这感觉很新奇，连她自己都很久很久没有书写过什么了。而且杨生和陈总并没有不停说话，反倒像是杨生在写一封给对方的信，写完了他跟对方也就谈完了。他还写得那么认真，一丝不苟。

杜米想起人生中的两封信。她八岁的时候，曾经写过一张纸条，如果能算信，那就是人生第一封信。纸条上写了学会不久的三个字“我走了”。在父母张罗晚饭的间隙，杜米出门了。据说她还抱走了自己的小板凳，谁都不能解释杜米突如其来的举动，用父母的话说，你小小年纪，又没受委屈。她记得在暮色里走了很久很久，后来父母告诉她，当她被找到时，刚刚走完整条巷子，正站在十字路口发呆。或许揣在前胸的小板凳，和她莫名其妙的出走一样，都有无缘无故的神秘感。

十年后杜米十八岁，收到高考录取通知书的那天，她给父母写了第二封信。在那封信里，即将上大学的杜米再次宣告要走了（好像上瘾似的不能自控），同时她希望父母尽快办妥离婚手续勇敢结束十八年的针锋相对，并找到各自的归宿。她把信誊写两份，放在大床两边的床头柜。并在接下来很多年的时光里杜米都认为正是由于自己断然决然大义凛然的这封信，才促成了父母如愿以偿各奔东西——各奔东西之后呢？她认为，那就是文责自负的范畴了，跟她没有半毛钱关系。

杜米从碟子里抓了把麻辣黑豆。豆子里有花椒，花椒入嘴在舌尖引发的震颤感，据说相当于五十赫兹的物理震动频率，花椒入菜，图的就是类似微型跳蛋的刺激——一种无缘无故的理论。包厢的墙上除去古怪的抽象画，还贴着一张代驾广告，上面又印着一句无缘无故的话：人生是一场旅行，你在旅途中不能光留在一个地方。杜米掌心里掐着的一粒黑豆，不小心从她指尖蹦了出去，蹦到了陌生女孩面前。女孩反应敏捷，接住了豆子，还把它按在桌上。

她看看杜米，随后垂下眼帘看看豆子，一忽儿又抬眼看她。她看到杜米一直斜靠着椅背，也隔着桌子在朝她眨眼睛，杜米真怕她就那样吃了这粒豆子。

杨生和陈总都没有介绍这女孩是谁。她一进来就坐在边上，轻巧友好地喝茶，没有说过一句话。栗色头发，浅棕色眼球，面目柔和朦胧，看起来跟杜米差不多，事实上杜米看得出她比自己起码小十岁。没有不怕老的女人，也没有不爱听好话的女人。但杜米从不相信“你看上去跟那个小你十岁的女人差不多”的奉承，这种话不可信以为真之处在于，它忽略了一个事实(有意无意，或是简单粗暴)，杜米这个看似还行的容貌最多还能保持一两年，而那个小十岁的女人，她此刻的样子起码还能比杜米多保持十年。她俩的关系，就是她以远大于杜米的加速度从身后赶超上来，正好跑到与杜米肩并肩的位置，而这并不成为永恒，只是瞬间的交错罢了。杜米从来没特别介意抓不抓得住所谓仅剩的“一两年”，离开杨生的这些年里，她没有成家没有立业，没有房子没有积蓄，依然不觉得被荒废。杜米总有事情做的——这是打个比方，意思是指她习惯一个人待着，没觉得难挨不舒适。她即使身体空闲下来，大脑也从不休息地空转着，如今更添上个过敏性鼻炎，十年一眨眼也就打发过去了。

女孩无所事事，嘴角似笑非笑，这表情可能和杜米如出一辙。两个女人就这样互相打量，背景音是两个不确定是否属于她们的男人在谈生意。这种每天上演的戏码司空见惯，既属于沉默不语的女人，也属于相谈甚欢的男人。杜米想起杨生已经忘了的烟灰缸，一只红色的塑料烟灰缸，上面印着著名的啤酒品牌。它还躺在杜米的抽屉里，跟当年一样红，一样好看，好看得在俩人第一次吃饭的时候，杨生穿着银灰西服，杜米捧着百合花，忍不住临走时就把它顺走了。因为它那样红，那样好看……

忽然，女孩出其不意地把豆子弹了回来，杜米下意识地接住。她略显惊讶抬头看女孩，女孩露出拘谨的笑意。随后她渐渐松开两只抱肩的手，掌心向外，抵在前胸，摆出一副要迎接什么的样子。她在等待杜米把豆子弹回去吗？她想玩游戏吗？杜米把豆子压在食指下搓来搓去，豆子表面的脆皮发出轻微的爆裂声。杜米的鼻腔瞬间又开始发痒，她拿起豆子直接扔进了垃圾桶。然后她翻着手提包，有点心虚自己确实像个老女人，整个脑袋里都在喋喋不休的老女人，这使得她不敢再朝女孩看一眼。

他们出来的时候，外面在下雨，天也黑得更早了。

陈总带着女孩走了，杨生载杜米去预订的酒店。他给她开车门，等她落座。她听到杨生擦着她的鬓角在她耳边说："刚才你说我胡子的时候，我都硬了。"杨生从不说这种话。很突然，杜米心头划过暗暗的悸动，按捺不住又时刻要去抚摸那几个字似的。话是某种明示，反复绕在她脑海里，让她的小腹跳脱出一团久违的火苗。

街上的天色又暗了一些。雨点打在车窗上，很快就变形成扁扁的小圆圈，现在只比当年他带她去看他母校的那个黄昏亮一点点。那个校区在湖边，有山道蜿蜒而上。走到一半，杜米从后面轻轻靠近杨生，他侧身搂住她，把她的脸贴紧在他脸上。皮包的肩带扣卡死在她腰部，隐隐生疼。那种疼抵过了他的鼻梁在她脸颊的压痛，让后面的吻印象深刻，甚至于还很甜蜜。杨生的嘴唇干燥，还有一点点被动，随后才变得灵活生动。一圈温暖的包围，和轻柔的搅动，杜米真心诚意地想要他。回去的公交车上，在路灯射进来的光线里，他脸上沾满了出门前她擦抹的散粉，闪闪发光。这个影影绰绰弥漫着微光的夜晚，一直留在杜米心里，此时她再一回翻洗出来，忽略掉男人的犹豫，那一夜还是沾了金沙似的熠熠生辉。

想想这么多年，杜米其实也没跟周围的世界和解过。吃到不甜的梨，就会想假如这是她亲手种出来的，能有这味道已经很满足啦，就原谅了那些不好吃的水果，还有那些不喜欢的人。有的东西有的人，她也是扔掉后再拿起来看看，然后才觉得说：呃，也还好。

杨生忽然把车停了下来，杜米想着的往事也一道按下暂停键。

“怎么了？”她问。

“那人是不是抛锚了。”他说。

抛锚的车在他们前方，后备厢打开着，里面乱七八糟的。备用轮胎搬出了，扔在地上。司机正举着千斤顶，努力往后轮底下塞。杜米这才看出来，后轮胎彻底瘪了，车子已经歪向一侧。

杨生拍打着方向盘，拉起手刹。“看样子只能等等了。”

司机换轮胎的样子看起来很不熟练，可谁必须一定要对什么事熟练呢。看样子只能等等了。这是条单车道窄路，不一会儿他们后面就堵了起来。

杨生打开收音机，电台里一男一女在表演网络段子，中间穿插着几段事先录好的观众笑声和掌声。车厢里有点闷，杜米感到热和无趣，她又接连不断地打起了喷嚏。

“我跟你说说话，你会不会好一点？”杨生熄了火，关小了音量。

杜米点点头。

“刚才那个女的，你跟她不一样。”杨生说。

杜米没吭声。

“以前没见陈总带出来过。”杨生又说。

“她是谁？”杜米问道。

杨生笑了，仿佛杜米问了个顶无聊的问题。“谁知道她是谁。反正你跟她不一样。”

“大概因为我已经过了那个躁动的年纪吧。”杜米说。

她转过头对着他，杨生迟迟才开口。

“恰恰相反，我的意思是你好像更焦虑一些。”

“我有吗？”

天色往更深处暗了一些。车越堵越多，不知情的司机按响喇叭，长长短短的鸣笛声和咒骂声连成高低一片。后面一辆车刚打亮大灯，灯光通过反光镜一直打到杜米的眼睛里，她强忍着没有移开视线。

杨生看她一眼，不发话。

“我哪儿焦虑呢？”伴随着一阵喷嚏。

“这么多年，这一点上你从没变过。”杨生的目光紧接着柔和下来，他说：“你看你，不好端端坐着，不停翻包，翻完了就去啃手指甲。”

“给我瞧瞧。”杨生抓过杜米的左手，中指和无名指的指甲都只剩下一半，紧紧抠在肉里。指端的皮肉红肿，有些外翻。

“看看，咬成这样。”杨生用一种责备的口气，“我说呢，又不是孩子了，怎么还改不掉？”

他这种好像特别关心在乎她的样子让她忽然很恼火。在杨生再次开口前，杜米的手抽了回来。她把车窗打开一条缝，深秋的冷风和着一点点细雨，打在额头上。让身上这样凉下来，她觉得舒服多了。

“到酒店安顿下来，我们就去买你说的那种药。没事的。”杨生说，“明天鼻炎就好了。”

杜米不说话。半个小时过去了，他们身后大概排起一百米的队伍，谁都没有办法。备胎换旧胎，这是天经地义。

“总算换好了。”杨生告诉她，指给她看。

在车大灯的照耀下，杜米看到旧轮胎被卸在一边，一点没有刚才瘪气的样子，看上去还是圆鼓鼓的。司机背对着他们，似乎正在往后备厢里铺一块布，然后才把泥水四溅的轮胎小心翼翼放进去，特别注意着不弄脏后备厢。始终看不清司机长什么样子，他在由他而起的堵车长龙前慢悠悠地干活，全然没有丝毫要抓紧时间的意思。那份强迫症似的要把轮胎放好的坦荡令人咋舌，乱七八糟的后备厢已经暴露无遗了那么久，整个事件就像某个老女人在众目睽睽下掀起裙子拉底裤。这一系列夸张、羞耻可又是再自然不过的动作，令人无可指摘又忍无可忍。

“我还是打车先走吧。”杜米说话之前，已经拉开了车门。

“喂，怎么无缘无故又……”杨生来不及反应，他的后半句话早被杜米关在了车内。

杜米躺在酒店的大床上，想起了前天做的梦。杜米梦到了杨生。杨生捧着一群红色螨虫，让杜米喷嚏连连。醒来她就决定要去见杨生。

手机响了，等响过一阵，杜米才接。

杨生说：“我到了，你在哪个房间？”

杜米说她不在酒店。

“打车走的，快上高速了。想想还是回去。”杜米起身，掀开窗户，让风吹进来，让举着电话的手臂伸到外面，让杨生听到那种车开在公路上的沙沙沙的声音。

“啊，怎么了？”杨生的音量有点提高，但并没有很意外。

他的不意外减轻了杜米那点轻微的歉意。“没怎么。”她回答。

“晚饭都不吃？”

“不吃了。”

“真走了？”

“嗯。”

“无缘无故要来，无缘无故就走。”

真像一句古里古怪的诗，而不是抱怨。

“嗯。”杜米坐在窗台上，被城市灯光照亮的灰红天空里，有个一闪一闪的橘色光斑。肯定有架飞机，在高高的云上飞过。当然杜米看不到飞机，但她知道它就在那儿。

杜米听见杨生点打火机的声音。“可又是你要走的，每次都是你要走。为什么？”

“什么为什么。”

“十年前，你也这样一走了之。”

十年前，从前。从前有什么好说的，杜米想到“从前”就卡壳。那些被追问过的为什么，如同一帧帧被剪掉的镜头，整个从前老早从她，从他们身旁滑过去了。谈未来才有意义，想从前没一点意思。

“因为那时候你要走了。”杜米说。

“谁说我要走？”

“我就是知道。”

电话那头沉默良久。“你又怎么了？”

“什么怎么了？”杜米讨厌这种防御性的明知故问。

“你知道什么？杜米，你什么都不知道！”杨生提高了嗓门。

“你说要出国。”

“出了没有呢？”

“反正你走了。”

“我走了是因为你走了！”

“我知道你迟早会走，索性先走一步。”

“今天你也知道我要先走？”

“嗯。”

“这是什么逻辑？”

“你自己心里清楚。”

“是，我清楚得很！”杨生喘着粗气，“你总是不相信我，你从不相信任何人。”

杜米想象着他扔了烟头，一脚踩在上面。

她问：“难道你以为我不是自由的？”

杨生反问：“难道你以为我不是自由的？”

每句都是冠冕堂皇的书面语，只能用普通话说出来。他们俩，隔在他们中间的十年，宛然一部神奇电视剧，只有第一集和最后一集。

“你知道经过这里的飞机，是去哪儿吗？”

杨生不再回答。过了一会儿，话筒里只留下挂断的嘟嘟声。飞机去哪里，做什么，他固然是不想理睬的。远处的灯光渐次点亮，杜米却还是看不清那些高楼的样子，仿佛整个Y城根本就不存在，她在这个房间里，跟在自己的房间里，好像都是一样的空空荡荡。

夜凉如水。

杜米手心里的汗渐渐干了，她握着电话不能决定该不该回拨。潮湿的冷风吹了太久，她的鼻子终于又痒起来。变态反应没有例外她知道。

吸顶灯吞吐了一房间温暖的颜色，白墙、白床单，都涂着明亮柔和的阴影。杜米重新倒回床上，鹅毛枕头排出一团空气，缓缓瘪下去，浆洗过的棉布气味充满了她湿漉漉的鼻孔。有多少人跟她一样坐在窗口打过电话？有多少人站在这里说过跟她一样的傻话？有多少人用她这样的姿势躺下过？又有多少人流着鼻涕眼泪假装感冒就像她现在一样？她攥紧了拳头，手心里捏着一小团揉皱的床单。假装没感情比假装有感情还难。她转头看到没有拉上帘子的窗外，目力所及的房间都还没有开灯（或者是已经关灯）。有时候，在来不及搞清楚原因之前，所有的事情就已经完蛋了。

在一切必将无疾而终之时，杜米只想尽快回家吃药。她知道，只有那盒白色小药丸，真心诚意躺在不会变的角落，永远等着她。

羊　肉

一切都是从那个黄昏开始的。

夏冬青左手提着公文包，右手挽着沉甸甸的购物袋，走进自家底楼的大厅。电梯的门正在关上，他用力掂了下手里的东西，好像这样就轻快了一些似的，几个箭步冲了上去，瘦小的身子刚好闪进了电梯门即将合上的空隙。吐出一口气，他转身按下九楼的键，对着站在里面十二楼的张邻居咧开嘴笑了一下。张邻居也客气地朝夏冬青点了点头。

冬青把购物袋放在地上，两个人都没有说话。

九楼和十二楼，本来也没什么好说的。

电梯直升到五楼都没有人进来。墙上的显示屏在反复播放着同一支洗发水广告，一位长发女子把头发一遍遍地甩来甩去，背景音乐低沉又悠扬，却挤压得电梯间越来越窄。好像就是为了扑灭这个狭小空间里的沉静，张邻居不得已地开口对着冬青说，买菜了？讲的是普通话，眼睛却还是望着地面的。

冬青略微抬了下头，拿眼角瞟了张邻居一眼，语气却很热情：今天下班早，买了只羊腿，炖一下。

噢，你应该能吃羊肉。这天也是，快入秋了……张邻居移动了视线，若有所思地盯着冬青手里庞大的购物袋，语气试图平常，却仍掩饰不住惊讶。

九楼到了。走了啊，冬青招呼一声，出了电梯。电梯门再一次缓缓合上，把夏冬青的背影夹得越来越窄，张邻居撇了撇嘴角，今天的饭桌上，他肯定要跟老婆讲讲这个住在九楼的外省人的买菜经。

沈瑜走进家门的时候，是在夏冬青回来后不久。她一开门，就听到了客厅里的钢琴声。冬青今天心情不错，她知道。十年的夫妻了，她一直都知道冬青什么时候高兴什么时候不高兴，门口的皮鞋要是并排放得很整齐那就是高兴，公文包要是随手扔在玄关的地板上那就是不高兴——冬青是表情不生动但小动作很丰富的人——沈瑜从跟他认识起，就热衷于揣摩他的一举一动。今天的夏冬青为什么这么高兴呢?

沈瑜脱了鞋，到客厅把功放的音量开小了一些，立即就听到了厨房那边的异响。她走过去，看到冬青的背，那不算是什么虎背熊腰，但也呈现出一个小小的结实的倒梯形，肩胛骨正一跳一跳的，一只手竭尽全力地挥动着切肉刀。

我回来了。你在切什么？沈瑜问。

听到妻子的声音，冬青停下手里的活，转过身来。越过他的肩膀，沈瑜看到案板上横摊着一条动物大腿。一整条不带脊椎骨的后腿被随意地扔在案板上，横断面还挂着藕断丝连的碎肉，血水淌过了砧板，渗得台面上到处都是。冬青面对着沈瑜举起手里的刀，他拿的是过年打折买的双立人砍刀，那把以锋利著称的刀沈瑜从来不用，怕一不小心就削掉半个大拇指。冬青咧嘴在笑，很久不吃羊肉了，想得慌。顿了顿，又说，你去看看小楠，他在做作业，你爸把他从学校接回来了，羊肉炖好了我叫你们。一面说一面回过身继续切起肉来。

羊腿。原来是羊腿。沈瑜皱起了眉，她对着空气使劲吸了下鼻子，除了真切浓烈的血腥气，她其实什么都没闻出来，但是有一股想象中的膻味确实是在当时就立刻窜进了她的鼻孔，让她泛起一阵恶心。

羊肉温补，夏秋燥热不宜多吃，现在刚到九月，距离秋分还有好多天，离冬天更远着，哪户人家现在吃羊肉？再说羊肉本就不是江南人家的日常菜蔬，沈瑜从小就接受不了羊肉的膻味。十年前，第一次见到冬青的那天晚上，介绍人把她拖进饭馆，按在饭桌边上坐下。一直低着头的她半抬眼皮，低低地扫视过一碟碟的菜，她是先看到一大盆白切带皮羊肉再看到夏冬青的，介绍人就在那时告诉她，夏冬青是西北人，大学毕业到这个南方城市工作，已经有好些年了。那顿饭，沈瑜看到夏冬青吃得最多的是白切羊肉，他告诉沈瑜，在西北，这叫手抓。她一块都没碰，但晚饭结束后，她捏住了夏冬青的手，是不夹羊肉的左手。

婚后，只要在家做饭，夏冬青总是很照顾沈瑜的饮食习惯，一股脑儿也没见他买过几次羊肉。今天真是反常了，一买就是一条腿，一整条。他平时不这样。尽管他是个外省人，但他怎么可能会买一条羊腿回来呢？他不总是把西北人的豪爽表现在跟同事和谐融洽，对沈瑜容忍大度上的嘛。

想到这里，她探过头又去看一眼冬青，那大幅度的动作哪叫切肉，分明是在砍肉呢，肉渣星星点点地溅在瓷砖墙上。谁知道他会把厨房糟蹋成什么样子……不过，能做上顿饭就不错了。沈瑜宽慰了一下自己。沈瑜在家里总是最会宽慰自己的：不要轻易动气；不要紧追不放；当作没看见；自己去收拾一下……所以这个家，大部分时候都是安安静静的。

刚上一年级的小楠在自己房里，同样安静地描画着练习本上的几个拼音字母。

小楠，外公回家了？沈瑜把门轻轻掩上，站在小楠身后。

恩，外婆要外公带她去看电影，外公就早早回家吃饭了。小楠说话的声音细声细气的，就像个女孩子，要是听他电话里的声音，那嗓子就更像个姑娘了。

小楠想不想去看电影？沈瑜问道，顺手拿起了他的一块橡皮在手心揉着。

想。可是爸爸说，上了学就不能看电视看电影了。小楠写着字，头也不抬。

沈瑜笑着，拍了拍小楠的头，在小床上躺了下来。

小楠特别听冬青的话，跟妈妈反而不亲。

是我儿子吗？沈瑜想。谁能相信夏冬青会教出这样懂事的七岁小孩呢，成熟得都不像个小孩了。沈瑜家里里外外的亲戚都知道夏冬青顾家，他带孩子一直亲力亲为，每天自己买菜做饭，没有西北汉子的大男子气，江南炒菜能做得跟沈瑜一般好，也爱吃米饭……沈瑜的父母就不大像别家的老人那么操心，连一点空闲时间都没有，恰恰相反，俩老还能经常结伴跟个旅行团什么的，因而说起这个女婿来，从来都是赞不绝口的——可今天是有些反常，一整条羊腿？沈瑜揉着橡皮，搓了一手的灰泥，百思不得其解。

鲁宾斯坦的钢琴声轻柔地挤过门缝，夹带着男人砍肉的钝响一丝丝地飘进来，小楠唰唰唰地写着铅笔字。一切都很有规律，其实很安逸呢。沈瑜望着天花板，眯起眼睛，心里头再使劲想想，就觉得这日子哪有什么不美好的，不就是条羊腿么，让它去吧，大不了我沈瑜不吃不就得了。

等她被小楠摇醒的时候，已经快七点了。

他们来到饭桌旁，冬青系着沈瑜买的碎花围裙，在摆碗筷。沈瑜帮着盛饭，小楠爬上了椅子，桌上摆着好大一碗白切羊肉，一碟椒盐，一碗紫菜蛋花汤。冬青解了围裙，对沈瑜说：用高压锅煮的，不知道嫩不嫩，难得一回，你尝尝看，说不定会觉得好吃的。然后又说：来，小楠，爸爸给你夹块大的。冬青把最好的一粒腿肉放到了小楠的碗里。

沈瑜朝冬青真诚地嫣然一笑，回答说，你最能干了。

然后她迟钝地举起筷子，在羊肉堆里拨弄了几下，一股淡淡的膻味又似乎若有若无地飘散开来，她想到平生寥寥几次对羊肉的记忆，都绝不是什么值得回味的记忆，羊肉如同香菜、生姜、豆汁以及南方的水芹菜之类物事，有人偏爱那股迥异的气息，有人偏就受不了那股刺激的味道。若要沈瑜吃一口羊肉，那在这块羊肉未被消化之前，她会始终打出饱含着膻味的嗝来，就好像在接下来的几小时里她一直在吃羊肉一样，这比仅仅嚼下一块羊肉还要痛苦十倍。

最终，她还是什么都没夹起来。喝汤算了，沈瑜泄气地拿起调羹。冬青看她一眼，自己举筷夹了一大块。

爸爸做的白切羊肉真好吃。小楠咬了一口，对爸爸竖起小小的大拇指。

蘸点椒盐更好吃。在爸爸的老家，这不叫白切羊肉，这叫手抓。噢，忘了一样东西。冬青突然想到了什么，起身去了厨房。

他走出来的时候，手里端着一碟生蒜头。一口手抓一口蒜，最正宗，他对沈瑜说道。沈瑜不吃大蒜，何况是生的，何况是就着羊肉一起，两样都是她厌恶的吃食。她忽然间连喝汤的胃口都没了。冬青不管那么多，咯嘣咯嘣就着手抓把蒜头嚼得脆生生的，他血淋淋地切了一条羊腿，亲手煮了这块肉，现在还能吃得这么欢，这跟沈瑜太不一样了。对沈瑜来说，亲手切过哪块肉，最后就吃不下哪块肉，亲手杀鸡杀鱼会败坏她一半的胃口。所以，沈瑜喜欢在超市买半加工的肉制品，冬青就喜欢到菜场去买活鸡活鱼。

沈瑜抓着调羹，注视着冬青，他连吃了三块才终于抬起头来，一脸满足的表情。他说，小瑜，我在想，下个月国庆节放假，打算带你和小楠回老家看看，距离爸妈上次来咱们家都快三年了，我哥的女儿连一面都还没见过呢。

他讲得慢条斯理的，喷了她一脸的蒜味和膻味，在这样浓烈的气味之下，基本上没什么商量的余地。

沈瑜结婚那年去过冬青出生的那座西北城市，路途遥远，水土不服，乖戾的风沙，客气的公婆……沈瑜并不渴望再去一趟，即便当作一趟旅行她也不愿意——但也找不到任何合情的理由可以不去。以前在冬青脸上经常出现的百依百顺的神情，此刻借着那几块羊肉都好像僵硬起来了。沈瑜想到刚才他挥刀砍肉的情节，恍然大悟，原来那是在预演呐。

沈瑜含糊地答应一声，舀一勺蛋花汤放到嘴边，还没尝，就闻出来了，竟然是羊汤烧的，活生生地破坏了这道江南家常菜的清淡匀调。

飞机降落在西北机场。

夏冬青和沈瑜各拎着一个旅行包，拖着小楠走到旅客出口。初秋的西北，依旧刺目的阳光笔直地穿过云层，沈瑜掏出防晒霜，在裸露的脖子和手臂上涂了厚厚的一层。玻璃门外寒意渐浓的空气一下子占满了人们的鼻孔，比候机厅里的混浊要舒适百倍。

沈瑜深深地吸了几大口，感到神清气爽，她看着周围那些挈妇将雏拎着大包小包的人，觉得自己跟他们也没什么两样，自己看上去也好像是赶着黄金周出门旅游来了，而且似乎还有什么奇遇在路上等着她，就像回到了大学时候，回到了二十岁的时候，那时候她没有现在懒惰，也没有现在这么瞻前顾后，那时候她总是爱出远门的，盼着出趟远门，也很容易就出了趟远门。这样一想，沈瑜又一如既往地宽慰起自己来：看，这不过就是个旅行嘛。于是，她对冬青的哥哥不仅没有来接机，反而还让他们一家自己坐机场大巴去市区的做法并没有什么不满——她完全可以有些微词的，因为冬青好几年没回老家了——但恰好相反，她觉得这是一趟自由的旅行最好的开始呢。

机场距离市区有七十多公里。十年前，坐着火车来过这座城市的沈瑜，再一次深刻地体会了“地广人稀”这个词的含义，一望无际的灰黄色，绵延了十年也没有个尽头，仅有的几株骆驼刺，也是风吹日晒的灰头土脸，满身懊丧。坐上大巴的小楠异常地兴奋，指点着窗外的景物不停地问这问那，沈瑜感到了厌烦。长途车飞速驶过公路的时候，她宁愿一个人坐在窗口，不说一句话，身边没有一个认识的人，即便是儿子，此刻也应该像个陌生人。

小楠，妈妈答不上来，爸爸是在这儿长大的，你问爸爸去。

小楠就踩在椅子上，转身跟后座的夏冬青开始叽叽喳喳地说了起来。沈瑜耳中又灌满了冬青循循善诱的教导声。当然，他怎么不做老师呢，沈瑜经常这么想，冬青的耐心简直是举世无双的，什么时候见过他不耐烦动怒了？好像从来没有。冬青正在告诉小楠，这是一条用来灌溉的水渠，那边是一排笔挺的白杨树，最远的那就是祁连山脉，他介绍得那么细致，不时还蹦出几句已不那么纯熟的当地方言，引来同车乘客的回应或者纠正，沈瑜简直要以为他都是在讲给自己听的——他终于回家了。

大巴停靠在终点站，冬青一家换了出租车去大哥家。已经下午五点多了，车子沿着黄河边一条宽阔的大道奔驰着，据说大哥的新房就在黄河边上。出租车司机说，那是新建的一个小区，楼下就是公园，有好多树，特别漂亮。沈瑜心想树有什么稀罕的，树不就那样。她转头去看黄河，黄河在路的那一边，十年前，她就和冬青在这里散过步，如今除了包裹着它的道路变宽了，河水并没有什么变化，在傍晚的日光照耀下，缓缓流淌。

大哥家很快到了。小区里果真有个花园。下车走了没几步，还没来得及去寻找门牌号码，沈瑜就看到竟是公公婆婆等在路口。公公一个箭步走上来，夺走了沈瑜的行李，拉过小楠亲了又亲。婆婆推着儿童自行车，对着车上坐着的一个才四五岁大的小女孩说，快叫叔叔婶婶！想来这就是冬青大哥的孩子了。

女孩半仰着头，斜睨着沈瑜，却没开口。她的眼白蓝蓝的，和天色一样清澈。冬青伸出手去，想拍拍侄女的头，小女孩往后一躲，让冬青的手扑了个空。婆婆连忙说，娜娜就是不乖，见了人都不乐意叫！语气似乎是责备的，却又带着骄纵，骂了就跟没骂一样——那是所有老人的通病。

你就是娜娜？娜娜长得真好看。想到两家人将要一起住一个星期，沈瑜低下身子跟女孩套近乎。

娜娜依旧歪着头看人，浅棕色的眼珠几乎一动不动，就跟洋娃娃似的。

不要你管！娜娜突然冒出尖细的一句话，用力蹬起了踏板，小自行车一下子挣脱了奶奶的手，嗖地进了前面的一幢楼房。沈瑜满脸错愕的神情，她转头看看公公婆婆，反而感觉是自己做错事情一样的尴尬。

没事没事，咱们上楼去，娜娜就是这样，皮着呢。公公牵着小楠，过来打圆场。沈瑜跟着他往前走，忽然脱口而出，还是我们小楠最听话。

冬青在背后戳了她一下，沈瑜回头道：干吗，又没说错。

你少说几句不行？我们难得回家。冬青压低了声音，神色淡淡的，也没有什么表情。

沈瑜用力盯他一眼，欲言又止。嘴上是不会再说了，脚下却噌噌噌地走得飞快，一会儿就走到公公婆婆前面去了。到底出门在外，有点憋屈也得忍着。

娜娜站在电梯前，自行车扔在一边。她整个身子都扑在墙壁上，试图够到电梯的按钮。看到沈瑜走过来，她仰起头扯起眼皮，送出个求助的眼神，可爱得就像星期天的早晨。沈瑜心中升上来一股怜惜和感激，这个娜娜，对我还是有好感的。她紧赶几步，伸出手去按下了开关。门开了，娜娜一头冲了进去，沈瑜后脚也想跟进去，却被她重重一把推在大腿上，打了个趔趄，差点绊倒。

什么跟什么啊！沈瑜有些不能自控地光火起来，仿佛她面前的四岁小孩，突然变成了四十岁的家庭主妇，先前短暂的感动捎带着刚下飞机那昙花一现的愉悦，在黄昏的楼道里消失得无影无踪。

冬青和父母说说笑笑地赶上来了，小楠安安静静地跟在大人后面，就是个小大人的装扮。沈瑜为他们挡住即将合上的电梯，迅速地换上了微笑的脸部表情。

冬青的父母一直和大哥住在一起。房子不算很大，却因为主人不在而显得宽敞。直到冬青和沈瑜安顿好行李，坐在客厅沙发上慢吞吞地喝上了茶，大哥和嫂子才进门。

大哥还是十年前沈瑜记忆里的那个样子，深暗的肤色可能更浓重了一些，只是也不大看得出来，一如既往疲倦的眼神，也只是所有拖家带口的男人的共性而已。他和冬青打了招呼，说是招呼，也就是用方言含糊地发出了几个音节，沈瑜想象中豪放的西北人那挟带着粗壮嗓门的拍肩、拥抱都没有出现，大哥念完那些字就默默地进了房间。跟在他后面的嫂子，沈瑜见过照片，也能认出个大概，她迫不及待地要追上丈夫的脚步，经过沙发上的客人们身边时，只是匆忙又含混地点了点头。这些举动显得沙发上的俩人似乎一直坐在那里，已经坐了好多年，就像边上的那棵发财树，半死不活的，从来都是客厅里能够熟视无睹的一分子。

心细如发的沈瑜不免要多想了。看看冬青，坐在边上，正不停地抚着沙发垫上的一道褶皱。她不为自己，却难免要为冬青担心的。

喂，你说他俩一回家就往卧室钻，急吼吼地是想干吗？沈瑜抬起胳膊肘捅了一下他，压低了嗓子，暗暗地调侃道。

你说呢？

你说呢……沈瑜拉长了语调。

你以为……都跟你一样猥琐？冬青假模假样没好气地回答。

嘿嘿，你说我以为他们干什么……看看孩子们在玩，老人们在做饭，没人注意他们，沈瑜偷偷地把手伸进了冬青的衣领，一直摸到了半边微微耸起的肩胛骨。她轻轻挠着，一下，两下。

这是他们经常玩的把戏，可现在冬青却有点不耐烦。他敷衍地笑了一下，把沈瑜的手拖出来说：给爸妈看到不好，懂事点！当然，他说得很轻，有距离，语气柔和，试图让沈瑜明白他的苦衷。

能有什么苦衷，沈瑜就想不明白了。又没人看见，她说。

没人看见也不能当是在自己家。

不是在自己家……难道你们不是亲兄弟，不是一家人？沈瑜边说边想，冬青啊冬青，你也觉得这个气氛很奇怪是吧……

冬青却突然沉下了脸：瞎说什么，这儿就是我家！然后就起身走到厨房去了。

——冬青在自己家从来都不是这么粗暴的人，而本就沉静的沈瑜更不会大声地反驳，于是嘴里心里都跟飞进只苍蝇一样恶心。她被牢牢地钉在沙发上，有种东西攫住了她——沈瑜说不出是什么东西，可总是这样的，仿佛只要稍稍一动，这种东西就会向外界泄露主人此刻糟糕透顶的内心世界。她抚着沙发垫上的褶皱，揉来揉去，看到垫子上有谁拿圆珠笔画上去的蓝色痕迹，看到小楠陪着娜娜摆弄着几个玩偶，有长颈鹿、大象，还有白雪公主。她还不住地去看客厅的挂钟，距离他们踏进这个家门才过去了半个多小时，时间竟然走得这么慢。沈瑜一下子意识到了接下来这几天时光的难熬。

餐桌在沈瑜频频的回望下，终于一点点地被摆满了。大人加小孩共八个人，正好围着长方形餐桌坐成一圈。桌子正中不出所料地摆着一大盆手抓，婆婆特地为沈瑜和小楠煮了米饭，公公满面红光，提议开瓶白酒，却被大哥劝阻了。

大哥说，爸，你心脏不好，能不喝就不喝了吧。话虽是说给老人听的，眼睛却好像看着冬青。

公公不说话，他也去看冬青，冬青却自顾低了头，老人的脸色就黯淡下来，举着筷子的手也慢慢地放下了，同时也没人问一下两位客人想不想喝。来时的飞机上沈瑜就在担心，都说西北人热情又好酒，要是顿顿饭都劝酒可怎么应付。看看第一顿饭的架势，这些担心都是多余的，小酒怡情都不至于。

既然不喝酒，这团圆饭就吃得很快。

一顿饭吃得很快，那就是一顿最家常的饭。

冬青很快吃完了一碗，没有人打断他问他一些问题，一些出门在外的人回到家乡必须要回答很多遍的问题，就像歌里唱的"生活的烦恼跟妈妈说说，工作的事情向爸爸谈谈"。他知道自己不该像个每天在这张桌上吃家常饭的人，他应该找些话题，可说什么呢。

反倒是沈瑜先开口的。她指着一碟菜说，妈，这百合做得真好吃，嫂子也很爱吃吧?

终于有人说话了，冬青有些感激，总归是自己人。

沈瑜照例是不碰那盘羊肉的，但桌上有一样是让她惊喜的菜——蜜汁百合。掰成一瓣一瓣的百合，清蒸，再淋上蜂蜜，色泽莹润，难以想象的清淡和适口，她不免是要夸几句的。

嫂子抬起头朝沈瑜笑笑，说：百合是西北的特产，没想到吧。

还真没想到，以为只有南方才有百合呢，冬青也从来没说起过。沈瑜第一次听清了嫂子的声调，跟平常的女人也没什么区别，细细的。

婆婆往沈瑜碗里舀了一大勺，笑眯眯地说，我们这儿的百合长得特别好，这是女士菜，专门用来招待女人的，来，小楠是乖小孩，也要多吃点。

原来是专门招待姑奶奶的菜，沈瑜想到曾经和同事在东北菜馆聚餐，东北菜里也有几道专门给女人吃的菜，其中有一个好像叫“拔丝土豆”什么的，和眼前的“蜜汁百合”一比，还真不分上下，都是甜腻腻的。原来男人喝酒吃肉的时候，就得拿蜜糖去哄着女人，女人被哄住了，那张嘴说的还不都是甜酿酿的话，男人可就舒服了，喝酒也更畅快了。沈瑜想着想着，不禁笑了，她忽然也想说一些甜蜜蜜的话出来，让在座的几个男人高兴高兴。

饭桌上的气氛此时就像微微点着的香烟，只要再轻轻一吸就会充分燃烧起来。沈瑜和婆婆的话音刚落，冬青就问对面的大哥：前阵子我看到报上说你们民政局，在公务员考试时用了一批小学生监考，有这事吧？现在啊，真是不怕做不出，就怕想不到……最后一句拖长了语调，明显故作熟稔，反而显得生分。

大哥咽下一口饭，才扯起眼皮，慢吞吞地回答：什么监不监考，不过是作秀走过场罢了，苦的是那几个被小孩子抓出来的考生！

哈哈，是沈瑜在笑。小楠一个劲地说：我也要监考，我也要监考！

大家都在等着大哥往下说。沈瑜很想听听那几个人怎么作弊，怎么倒霉了。可大哥不开口了。

倒是公公两眼放光，追问道：真的？真有这事？

大哥嚼着手抓，含混地发出“嗯”的一声。

爸，你怎么连这都不知道，哥单位里的事儿，就不久前。冬青说。

他又没告诉我，你哥下班回家从来不跟我和你妈说工作的事情……你看看他，什么时候跟我讲过话了？公公仿佛逮着什么机会似的，冒出了一大串好像不合时宜的话来，声音也提高了八度。

老头子，你今天是怎么了……婆婆使劲推搡着老伴，再看看两个媳妇，陪着点笑。

连调皮的娜娜都放下了用来玩耍而不是用来吃饭的勺子。沈瑜低头拨弄着空碗里的一堆百合，想着吃饭前冬青在沙发上恼怒她的样子，倒有点小小的幸灾乐祸。

爸……没事的，大哥工作忙，你要多体谅。妈，你也要劝劝爸，年纪大了，别动不动就为小事生气。

我说爸，你就不能自己去看看报？大哥不耐烦地说，说完了又好像对生硬的语气有点不好意思，只好朝沈瑜笑笑，带着一种子女对父母由于亲近才有的不客气，也含着点希望能获得外人共鸣的意思，扔下碗筷，敷衍一句“你们慢吃”，就走开了。

在沈瑜来西北之前，冬青和她讲了好多兄弟俩的趣事，跟任何情深意长的手足一样，两人一起逃学，一起打架，一起泡姑娘，要好得恨不得穿一条裤子。因而她脑海中想象的一顿久别重逢的聚餐，似乎完全不是现在这样的。一条羊腿给冬青带来的回家的动力，此时不知道还剩下几分。

公公扁着嘴，就像淘气的娜娜。娜娜还在吃饭。小孩子吃饭都是麻烦的，可看娜娜吃饭就是个折磨。她站在妈妈旁边的椅子上，一只手举着勺子，一只手不停地按着背后墙壁上的开关。灯光一暗，埋着头的大人们纷纷抬头瞪她，她就咯咯咯地笑起来，婆婆低低呵斥几声，嫂子把灯打开，娜娜立刻再关上，循环往复，乐此不疲。忽明忽暗的灯光里，沈瑜每一口菜都吃得小心翼翼，她甚至希望娜娜不要停下来，那样倒还显得饭桌上有点波澜起伏和生机勃勃。

晚饭后，冬青和沈瑜端着茶杯重新坐回到客厅。

电视机开着，娜娜和小楠聚精会神地看喜羊羊调戏着灰太狼，大哥和嫂子挤坐在侧边窄窄一张单人沙发上，就像同个蚕茧里的双生蚕蛹，湿乎乎腻嗒嗒地交缠在一起。沙发像一双温暖熟稔的手臂环抱住了他俩，两颗脑袋凑在一块儿，压低了声音，在膝盖上打牌呢。冬青翻看着本地的晚报，沈瑜给几个相熟的朋友发了短信，隔好久都没人回复，她也只得作罢，跟小朋友一起看看动画片，觉得那么火爆的“喜羊羊和灰太狼”也不过就是国产的“猫和老鼠”……才晚上七点多的光景，如果在家里，这时候的沈瑜不是在电脑前上网，就是窝在太师椅里看书了。可如今，她觉得自己傻乎乎地坐在千里之外的一个客厅里，看着一户三口之家看电视的看电视，打牌的打牌，说是亲戚，实际却跟局外人没什么两样，可真是吊诡得很。

嫂子忽然发出一些没压抑住的笑声，沈瑜望向她的方向，她也迅速地抬眼看了一下沈瑜，眼光交汇处，嫂子依旧保持着嘴角的笑意，她的皮肤跟大多数西北女人不一样，出奇地白皙，光滑鲜亮得像汤勺的表面。沈瑜以为她会多看她几眼，进而把笑容转化成对她的招呼，然后沿着目光的线条，或许两个女人还能说些体己的话。可是，什么都没有。嫂子迅速地低下头，对着丈夫，才把刚才因为注视沈瑜而凝固的笑容完整地发挥了出来。

即便如沈瑜这样对交往不用心的人，也觉得嫂子过于冷淡了，嫂子是如何跟同事朋友相处的呢？应该不会像现在这样不用心的吧？为了即将同住的一个星期，两个年龄相仿的女人总归要说些不咸不淡的话，做些无所事事的事，谈谈护肤品谈谈衣服和鞋子，若没有话题还可以谈谈双方的丈夫，毕竟她们嫁了一对兄弟，甚至完全可以编造一些话题，像两个成年人一样做一段成年人的交际，虚伪，轻浮，却因有来有往而井井有条。

这种感受让沈瑜不太舒服，但她终究是无所谓的，她跟这里任何一个人都没有什么必须要好的理由，只是个客人，也没有长期相处的必要，忍忍也就过去了。可对冬青就不一样了。

大哥正在洗牌，他有着十根和冬青相仿的手指，扁扁的，粗短的，他的嘴角微咧的时候和冬青有一样弯曲的弧度，他和冬青是至亲——可他却只会笑着对妻子说：这局全押上，你赢了就都是你的！

沈瑜再次为冬青感同身受般地难过起来了。

公公婆婆收拾了碗筷，也坐到沙发上来，客厅一下子拥挤起来。公公问着儿子一些几点上班几点下班身体是否健康工作顺利与否之类的问题，婆婆在老伴每句问话的结尾都要补充一个询问的眼神，间或朝沈瑜善意地笑笑，常常令沈瑜因为无话可说而感到一些不必要的内疚，因为不必要而又确实产生了，从而令她更内疚。

能和久未谋面的儿子媳妇在一起，显然让老两口很高兴，公公讲话的声调越来越高，往往不待冬青说完就又急着开始下一个问题，迫不及待的表情呼之欲出——他想得到的不是儿子的答案，而是话语中传达的亲昵，或者是一问一答产生的喧闹，由喧闹而带来的暖意。冬青只能使劲地说啊，尽量多说一些，像是代替大哥对父母所做的补偿，可心里又极不是滋味，他已经再难回到小时候，枕在父母肚子上跟大哥聊天的光景了。

那时候，连邻居家的猫偷了一块肉，他们全家人都能说个老半天。父母上班去，把放假的兄弟俩锁在家里，大哥爬上窗台看风景，把外面的事情一件件说给冬青听。俩人还曾经偷吃过整箱小蜜橘，第二天因为上火，醒来的时候睫毛全被眼屎糊住了。再长大点儿，就轮到冬青帮父亲抬煤气瓶，喘着粗气走在傍晚的楼道里，听到他们的脚步声，母亲就会开了门等着他们，而那时候的大哥总是和他的同学们疯玩到天黑才回家，很神秘，也不再怎么爱和冬青说话了——他们的疏远就是从那时开始的么?

单人沙发的角落发出低低的一声欢呼，看样子刚才那局大哥又赢了。几个正在说话的人都停了嘴，冬青看到嫂子扔了牌，站起身来，一副要走的样子，转身却又拉起大哥的手，也不说话，只是用劲甩了甩。大哥被她轻轻地拉起来，他对着另一边的四个人说，爸，妈，冬青……轮到沈瑜，他好像也不知道怎么称呼，便只对她点了点头，接着说，媳妇身体不好，今天累着了，咱们早点休息，你们再坐会儿。

墙上的钟指向八点，窗外西北的夜才刚刚暗下来，沈瑜看看冬青，不知道他是不是跟她一样觉得不可思议。

公公有话想说的样子，婆婆抢在他开口前说，那你们去吧，我们再说会儿话，娜娜今天就跟我们睡。

走了两个沉默的人，客厅却好像空了一大半。

两老的神情显而易见地缓和了不少，就连皱纹的阴影也减淡了几分，可他们反倒压低了声音说起话来。他们告诉冬青，自己的茶杯总是被冬青的大哥塞到茶几的角落里，一副不受欢迎的样子；大哥常常和媳妇在外头吃饭，事先还总不打招呼；每到休息日，两夫妻就出去逛街，很少亲自带孩子；天冷的时候，媳妇还有怪癖，非得要求大家把橘子放到微波炉里热一下才吃。

冬青一直不开口，父母的音调此起彼伏，他只是顺势地抬头低头。他知道，这才是两老真正想说的话。可为什么要把一切都告诉他呢？父亲闪动的睫毛上，偶尔会反射出电视画面变幻的光线，在某一瞬间，甚至让冬青误以为那是某种液体。

他们希望冬青能跟大哥谈一谈。

谈？

怎么谈。

难道父母亲看不出来，这曾经亲密无间的兄弟俩，或许在很久很久以前的某个早晨或是黄昏，便已经形同陌路，遇见不同的人，奔向了不同的远方。冬青不为人知地叹出一口气，往后一仰，靠在了沙发背上，这个姿势让他距离面前的父母暂时远了一些，这姿势自然而然地让对话告一段落。

父亲递过来一根烟。冬青犹豫了一下，接住了，点上了。

他没告诉父亲，自己戒烟已经很久了。意识到这点，忽然就让他很难过，有太多的东西，是父母永远不可能及时跟进和了解的。

娜娜的“喜羊羊和灰太狼”早就看完了，所有电视台都到了黄金档电视剧时间，她握着遥控器，不停地换台，每个节目停留的时间都不超过两秒钟，忽亮忽暗的屏幕就像刚才一开一关的餐桌灯，显然娜娜很喜欢这样的游戏。

沈瑜有些受不了了。既然……孩子的爸妈都不在，她就开口说话了：娜娜，把遥控器交给爷爷。

娜娜继续换台，当作没听见。

娜娜！沈瑜提高音调再叫一声。

娜娜还是无动于衷，连头都不回。小楠看着妈妈不高兴，就伸手过去，想把娜娜的遥控器拿过来。娜娜忽然转身，一只手没头没脑地往后挥过去，小楠被她推开了，脸上留下了一道指甲刮伤的痕迹，蜿蜒着，晕染开来，像条粗粗的红线。

小楠捂着脸，被沈瑜一把揽在怀里。

沈瑜盯着娜娜一声不吭。

可能觉得她那副样子太不可思议，娜娜居然滑稽地笑出了声。

这一笑彻底激怒了沈瑜，她推了一把冬青。冬青晃了一下，好像刚从梦中惊醒，问怎么了？

怎么了？你看！沈瑜指着小楠的脸。

冬青眯着眼睛看了看，拍拍小楠的头说，小孩子嘛，打打闹闹很正常，没事儿。

没事儿！娜娜学着冬青的口吻拿腔拿调地重复了一遍。

娜娜，到婶婶这儿来。沈瑜压低了嗓子，阴沉地说。

娜娜挥动着遥控器，继续啪啪地点着换台键，眼睛却笑盈盈地看着她婶婶，像个成年人似的，镇定得一动都不动。

沈瑜话已出口，有点下不了台，心头到底是有所顾忌，终归不是自己的孩子，要打要骂都是别人的份——她只得向公公婆婆求助。公公算准了时候，正好起身倒茶，走开了；婆婆拿手指捋着冬青掉在茶几上的零星烟灰，眼睛都不抬，对着娜娜说了几句教训她的话：明天告诉你妈去！看我不揍死你！

揍啊，你揍啊！娜娜朝奶奶尖利地扯出了嗓子，眼睛却看着讶然的沈瑜，仿佛示威一般。

为了回应沈瑜的惊讶，婆婆猛地站起来，眼看一个巴掌就要落到娜娜脸上了，那瞬间沈瑜都胆战心惊起来。

“啪”的一声，那一巴掌被敲在了娜娜靠着的沙发上。

整条沙发都剧烈震动了一下，娜娜愣住了，紧接着哇地哭了起来。婆婆也不理睬，她拉过小楠，抚着他颊上的划痕，像是在和孙子说，又像是在说给媳妇听：娜娜年纪小，又是小姑娘，哥哥要让着妹妹点儿……

冬青手忙脚乱地拿纸给娜娜擦眼泪，撇开她为什么哭的原因不说，女孩子的眼泪终归是清澈的，哭声更是显得无比真挚。沈瑜心头的惭愧胜过了恨意，但也继续冷眼旁观，想看看这一幕如何收场。

娜娜挣脱了冬青，跑去捶打着爸爸妈妈关得紧紧的房门，哭叫着“妈妈，妈妈”。

咚咚咚！

妈妈却仿佛完全没有听到一样。躲进房间休息的大哥大嫂没有丝毫要出来息事宁人的迹象。

目睹着这一切，某种奇妙的幻象网住了沈瑜，她仿佛觉得无助地捶着房门的不是娜娜，而是自己的表妹，她们家最受宠爱的小孩。这样的情景曾经是她多年的想象，想象那个弱不禁风、摇摇欲坠的，却始终有着无限特权和能量的小孩，终于也会有这样绝望的时刻。沈瑜的愤慨由衷地减轻了，与生俱来压抑已久的玩笑天性在此刻重新被激活了。

她冲着娜娜尖细地喊叫起来：别敲啦，你爸妈没空，忙着给你生弟弟哪！说完，也不待别人的反应，自己先忍不住大笑起来。

哈哈哈！

笑声还未落地，直到冬青铁青着脸攥着她手臂了，沈瑜才意识到自己刚才太不得体了。可是……攥着她干什么？她又不是这个家里最荒唐的人。

我带小楠去洗澡。沈瑜拖着儿子闪身进了卫生间，靠在玻璃门上，一阵疲惫袭来，她有些停不下来的累，就像整夜整夜地失眠却还必须按时上床般的痛苦。侧耳细听，还能听到外边传来几个大人哄一个孩子的声音。纯粹的哭骂、强硬的任性、巧言令色的承诺、言不由衷的劝慰、委曲求全的忍让……品相繁多的音调拐着弯儿，在客厅上方炸响开来，交织出一幅人们通常所说的天伦之乐的图景。

小楠上了床，一会儿就睡着了。过不多久，冬青推门进来，看到沈瑜坐在床边，劈头盖脸扔过来闷闷的一句责问：你今天究竟吃什么药了？

沈瑜噌地站起来：我怎么了？

不就小孩子打打闹闹，至于发那么大火？

打打闹闹？看你家那侄女，宠得没家教！

什么你家我家，几年才回趟家，你就给我这点面子？

小楠翻了个身，发出几声呓语。沈瑜和冬青同时停止了说话，冬青扯了沈瑜的胳膊，用力把她拉到房间外。

门外的沈瑜用力挣脱：夏冬青，你怎么莫名其妙！

我莫名其妙还是你莫名其妙？惹是生非的不是你是谁？冬青说得兴起，不免推搡了一下沈瑜的肩膀。

没完了？你是男人不是？请你睁大眼睛看清楚了，这里像不像你家?

像不像我家?那你以为哪里像我家?你们家?

一连串的反问句。若要让小学生明白为什么反问能加强语气,能带上鲜明的感情色彩,只要让他去观摩一场夫妻吵架就行了。

对面书房里睡着的公公婆婆,隔着门发出了轻轻的几声咳嗽。

沈瑜瞪着丈夫的眼睛慢慢放了下来,恢复了一贯的平静,她心灰意冷地说:你……你真是不可理喻。用一个句号结束了争吵,然后转身进了客房,拿上手提包,开门走了。

跑出小区,沈瑜就后悔了。一掏口袋,手机也没带。

人生地不熟的,跑出来干吗……还回不回去了?

十月的西北夜晚,寒意渐浓,轻风打着小旋,吹过来也刺人脸皮。

沈瑜拢一下单薄的外套,环顾这条陌生的马路。略略干燥的气流,特别高旷的夜空,但是有和家乡差不多的人来车往,灯红酒绿,也有数不清的夜生活正刚刚开始。第二天不用上班的人们,好像全都涌到了大街上欢度黄金周,要在今夜释放掉积蓄已久的能量,令人疑惑他们平时的夜晚都在哪里度过。起码现在,这个城市和沈瑜居住的城市看起来并没有什么两样。

带了钱包就没事。

沈瑜安慰一下自己,紧了紧腋下的挎包,放缓了脚步。

真是慢慢地有点像一趟自由的旅行了,沈瑜东看西看,不住地后悔怎么没有把相机带出来。闲逛了半个多小时后，她注意到路边有家小饭馆，夹杂在一排紧闭的卷帘门中间，有些不够明亮的光线透过挂着的塑胶门帘，斜斜地照在人行道上。张望进去，里头恰有不多不少的四五张桌子，整个儿摆出一副轻快的面孔，就像是那种不会装腔作势的小家碧玉。沈瑜被吸引了，走了进去。她不是为了吃，她有点累了，想坐一会儿了。

像是老板娘模样的中年女子正在剥一堆蒜头。看到沈瑜进来，攒聚起满脸的笑，起身迎接。递来的菜单是卷了边的，露出塑封下一页薄纸的四个毛边角，上面只写着很简单的几样：手抓、黄焖两种羊肉、几色蔬菜、拉面和浆水面。

沈瑜正犹豫点些什么，老板娘热情地说：来点手抓吧，今早刚杀的羊，保证不膻。

不膻？从不吃羊肉的沈瑜心中一动：那就来点儿。

一斤？

半斤吧。再要个苦苦菜，沈瑜点着菜单说。她猜想那是一种野菜。

两样菜很快就端上来了。苦苦菜是凉拌的，放了过多的辣子和调料，沈瑜吃不出它名称里的苦涩，或者它本来的苦涩就不够打败辣椒的。半斤手抓横七竖八躺着，不多的几块，沈瑜学着冬青的样子，剥一颗蒜头，蘸一点椒盐，颤颤巍巍地咬上一口，还做好了随时吐掉的准备，可细嚼慢咽之下，羊肉却自然地滑进喉咙——果真，没有膻味，又嫩又糯，反倒有股淡淡的奶香——吃出这样的味道来，让沈瑜自己也觉得诧异：羊肉原来也有这么好吃的。她禁不住让老板娘拿了啤酒来，一杯酒下肚，胸中的郁结自然消散了许多。

就在沈瑜惬意闲吃的当口，一个高大肥胖的光头汉子从里间转了出来，围着油渍斑斑的围裙。他应该是老板，在这夫妻档的小店里，应该也是唯一的厨师，可鼻梁上的一副近视眼镜却让他不那么像个厨师。只见他从桌子底下掏出来一把黑色的吉他，搁在膝上，轻轻地拨弄起来。沈瑜被他旁若无人的样子吸引过去，充满了好奇。

他弹的曲子很耳熟，沈瑜记得大学室友的录音机里常常放着这支歌，一个男人扯弄着咿咿呀呀的英文，不知道是因为磁带劣质还是记忆的年深月久，那个男声总似乎沙哑不堪。现在，眼前的这个男人没有开口唱，沈瑜得以在心里默默地配合出那些歌词。在异地的小酒馆就着吉他声下酒吃肉，任谁都不免要被自己那时的姿态打动了的。

曲子到了高潮部分，男人的手指异常灵活地在琴把上挠动着，沈瑜忽然注意到了老板娘。她还坐在老地方剥一堆蒜头，无动于衷的背纹丝不动，蒜衣像片片羽毛飘落在桌上、地上。门外刮来微风，飘忽的蒜味在饭馆里游来荡去，无论如何都跟这琴声格格不入。吉他永远都是属于青春的乐器，青春和年纪无关，它和“牛仔裤”“远方”“爱情”那些字眼生生死死地联结在一起。眼前的一幕不免叫沈瑜猜想起来，这两个人究竟有着怎样的过去和现在。

他们幸福吗？沈瑜在想。构成一个人幸福的因素往往不是可以载入史册的大事，而是生活中方方面面的鸡零狗碎和身边最亲近的那几个人。路边的小饭馆，老板娘的背，大蒜的味道，黑色的吉他，令沈瑜一时也不知如何评判，再一时又感觉何须由她来评判。

仰头喝完最后一杯酒，沈瑜心里的微澜——至多也就是那么小小的一丝——不知不觉地说抚平就抚平了。她起身，老板放下琴，迎上来结了账。出门的时候，她抬头看了小店的招牌，叫“好吃来手抓”，感到有点伤感，“好吃”是没错的，还来不来呢？说不定自己永远都不会再来了。

沈瑜出门的时候，冬青是叫了她的名字的，不知是没听见还是不理睬，她的脚步并没有停下来。他追出去时，电梯已经关上了。当冬青坐在沙发上今晚第二次抽起父亲留在茶几上的那包烟时，心里有说不出的堵。他掏出手机，拨了沈瑜的号码，铃声却在小楠睡觉的房间里响起。

手机被重重地扔到了沙发角落。冬青撮起嘴，缓缓吐出一个烟圈，不圆，再吐一个，还是不圆，一朵散漫的小雾扶摇直上，消失在空气里。以前他总是搞不明白女人，开心的时候很开心，说翻脸立刻就翻脸，从不主动承认错误，也没有回旋的余地，他总以为沈瑜是有些不同的，她没有情绪大起大落的时候，总是安静温顺地说话做事，这是他第一眼看到她就喜欢上她的地方。他忽然想起来多年前高考结束后的那个炎热的夏天，大哥慌慌张张地跑进家门，差点被躺在地上午睡的冬青绊倒，大哥随即拿脚趾头轻轻地挑了挑冬青由于睡眠而微微勃起的半硬不软的胯部，说了句“女人都一样”。当时的冬青迷糊地醒过来，立即又被巨大的困意席卷而去，多年后的此刻，他回到家乡却忽然想起了大哥说的这句话。这不得不使他感到被另一种更大更辉煌的困顿感笼罩住了。

女人都一样。

冬青掐灭烟蒂，走到大哥的房间外。门缝底下还透出微弱的灯光，冬青一时迷惑。大哥不再是从前的大哥了，可大哥到底是怎样的大哥?

他敲了敲门，里面有了一阵骚动。半晌，门开了，大哥探出半张脸：冬青……怎么了?

哥……出来聊聊吗? 冬青艰难地说出这句话，像青涩地说出一个粉红色的秘密。

大哥回头朝房里看了看，虚掩上门。他比冬青高大一些，看上去就似乎更能干利落一些。他拍了冬青的肩膀，又问：怎么了?

冬青带头朝客厅走去，两人面对面坐了下来。大哥随手开了落地灯，橘黄色的柔和光线投射在他头顶，他的鼻子生出一块巨大的阴影，几乎淹没了半边脸颊。冬青本想仔细地看看大哥，终于还是看不清。大哥坐着没动，他等着冬青开口呢。

冬青心底颇为烦恼，难道他不知道刚才的事?

沈瑜走了，不知道去哪了。冬青忿忿地说。

大哥不作声。

冬青看他，他也在看冬青。冬青不明白他眼神里的东西是什么，光线实在太暗了。

我们吵了几句，我说她不该跟小孩赌气，她却说我莫名其妙。

大哥点点头，还是没有作声。

哥，你说沈瑜怎么能跟娜娜生气？

冬青很希望茶几上能出现一包瓜子儿，还有几个橘子。橘子就应该是他俩小时候父亲单位发的那种，个子小小的，皮又薄薄的，一咬就满口甜蜜的。那他俩便可以重又像幼时一样抢着动起手来，不至于面面相觑无事可做。

你媳妇不是跟娜娜生气，她是生我和你嫂子的气。良久，大哥说了这么一句话。

可她不知跑哪去了……冬青心里一紧。

放心吧，你嫂子也老这么干，没多久就会乖乖回来，别忘了，女人都一样……我看……时候也不早了，还有事不妨明天再说吧。大哥吞吞吐吐地说着，却不容置疑地站起来，又拍了拍冬青的肩。

很完美的理由，无懈可击。事情是不能被呈现出这副模样的。冬青再次希望茶几上能够变出几个橘子，那么大哥可能会坐得更久一些。

然而事到临头，他还是变回了二十几年前跟在大哥屁股后面的浑小子。行，行啊……他点点头。大哥的手从他肩上滑落，那扇房门咔嗒一声又合上了。

冬青的心里却如释重负，重又变得坦然了。

门铃响起的时候，冬青已经靠在沙发上朦胧地睡去了。他梦到自己和三个皮条客在街头巷尾展开了对攻，他干掉了两个，最后那个落荒而逃，转过街角，一晃就消失了。他拔腿猛追，却被脑后一阵高过一阵的刺耳尖叫打扰了，他从梦境穿越回来，跌跌撞撞起身去开门。

沈瑜呆呆地站在门外。冬青拦腰抱住她。她拼了命地扭动身体，冬青抱得越发有力了。他把脸紧紧地贴在她冰凉的颊上，那儿还留着风以及空气的印记。

你干什么？沈瑜凶巴巴地说，总算推开他，弯腰脱鞋子。

冬青磕磕绊绊地试图接过从她肩上滑落的手提包，沈瑜扯住了包带。俩人僵持了一会儿，还是冬青先松手。那又有点像他了，沈瑜想着，顺势让包掉在了地上。

她往房间走去，冬青一路跟着。沈瑜停下来倒杯水，冬青就试图去拉她的手，拽拽她的袖子。

沈瑜怒目相向。女人都一样，冬青默念着大哥的名言，毫不介怀。

沈瑜上床，搂住了熟睡的小楠。冬青也躺下来，从背后环抱住她，觉得空荡荡的掌心马上有了着落。沈瑜不再挣扎，冬青得以安心贪婪地嗅着她脖根的洗发水香味，的确是很久未曾注意过的气味了，深吸几口，甚至还能闻出掺杂了脂腻之气，油头粉面的，更添可爱。

冬青情不自禁，把手伸进了她的衣领，指尖碰到了狭长的锁骨，一溜摸去，就像是走在独木桥上，在冬青的想象里，这是溪涧急流当中的小桥，处处潜伏危机，他心尖打了个冷战，更意图长驱而入，直抵河岸，未料被沈瑜的肩膀死死抵住了。冬青加把劲，沈瑜更用力，冬青把腿搁到沈瑜身上，沈瑜一抬屁股把它颠下去，你来我往，直到两人都变得气喘吁吁，一个是被黑夜挑逗的，一个是被莽汉折腾的。自始至终沈瑜一言不发，而冬青也没有说话，两人都沉默，就像在进行一场无声的搏斗。

小楠轻轻地翻了个身，口齿不清地叫了一声“妈妈”。借着夜光，冬青看到儿子钻进沈瑜怀里，又睡过去了，小手还紧紧捏着母亲的乳房，就像捏着未来妻子的乳房，或者，确切地说，更像是沈瑜正搂着一位年幼的丈夫——到底是谁捏着谁，谁搂着谁，眼前这慈祥的一幕让冬青彻底迷惑了。

他移开搭在沈瑜脖颈上的手，转过身去了。他只能继续刚才沙发上的梦境，去追逐最后一个逃脱的皮条客。

直到南方的城市也有了丝丝凉意，转眼又是一个黄昏。

冬青下班晚了，他从电梯间走出来，拿钥匙开了门，看到门垫上已经摆放着沈瑜的高跟鞋。

他高声叫着“小楠”，一边却东张西望，只想知道沈瑜在哪里，在做什么。从西北回来已经一个月了，冬青一直小心翼翼地做事，越是如此，沈瑜说的每句话却越发要加上“好吗？”“可不可以？”“麻烦你……”，彬彬有礼的态度远甚畴昔，嘴上说是和往日无异，心里边却终究是判若两人了。

此刻，沈瑜正在厨房做菜，今天她买了两个胎胞羊。从西北回来后，她在自己身上发现了变化，她开始对羊肉念念不忘，常常会怀念那种淡淡又有回味的奶香。不常买菜的她跑遍了小区菜场好几个摊位买羊肉，做出来却总是很膻，有同事告诉她将萝卜戳几个洞，跟羊肉同煮，就能去膻味。沈瑜照做了，膻味的确减少了几分，可总吃不出那股淡淡的奶香来。

今天她下班早，又去菜场了，正好看到有卖羊胎的，相熟的摊主热情招呼，介绍说冬天吃羊胎很进补的。沈瑜看到案板上并排放着两个胎胞，每个都差不多两只手掌大小，透明的薄膜裹着已成形状的小羊，看上去心惊肉跳。摊主指指羊头的部位说：看，头眼都清清楚楚的呢。沈瑜顺着他的手指细细一辨，果真看到了若隐若现的黑色眼珠，占领了小小头颅的大部分面积。她在惊惶之余，却蹦出了一个奇怪的逻辑，刚出生的婴儿带有乳香，那么未出生的羔羊也可能会奶香扑鼻吧。

现在，两个胎胞已经清洗干净，静静地交错躺在盘子里。冬青看着它们的时候，它们表面的衣膜已经有些发干，结起了薄薄一层硬痂，黄昏的光线映在上面，这两只母羊腹中的胎兽，就有点儿皱巴巴的，不再那么鲜亮润泽——冬青的胃部，忽然间就翻江倒海了。

他冲进卫生间，扑到马桶上，开始大吐特吐。沈瑜打开了油烟机，在隆隆的噪声中，她大声喊儿子：小楠，去看看你爸！

小楠慌慌张张从书房跑出来：爸爸怎么吐了？

爸爸看到妈妈买的羊肉，觉得恶心。

爸爸是看到小羊羔才不舒服的？可妈妈说了，吃了羊羔肉记性会越来越好的。

你要听妈妈话，待会儿多吃点。再去做会儿作业吧，爸爸没事，吃饭了爸爸叫你。冬青打发走了小楠，漱了口，重又走进厨房。

沈瑜在切羊胞，用的是双立人砍刀，小羊羔的嫩肉正被她轻快地切成一条一条的。冬青问：羊羔肉你会做吗？

怎么不会？和洋葱一起爆炒。

羊羔肉最好不要这样做。

那你说怎么做。

在我们家，羊羔肉要不是和羊腰子一起熬汤，就是放了冰糖清炖，爆炒容易炒焦炒煳。

熬汤清炖还不膻死人。沈瑜没好气地抢白一句。

羊肉怎会不膻？说也奇怪，从老家回来，你就特别爱吃羊肉，咱们河西走廊的羊肉到底好吧？冬青试探性地发问，想开个玩笑，拉近距离。

沈瑜并不领情，她淡淡一笑：在你家，顿顿吃羊肉也没见你高兴过。西北的羊肉是好，西北的羊比人都好。

冬青被这句刻薄的话噎住了。他一时语塞：你……你这说的什么话？都回来一个月了，你还说这种话！冬青再一次被激怒了，拂袖而去。

沈瑜切好了羊肉，两只小胎兽已经变成了一堆肉块，还是整齐地叠躺在刚才那个盘子里。她拾起洋葱，在砧板上摆正，先从中间横切一刀，再把切开面朝下，横着切成片。切着切着，一层层洋葱瓣掉落下来，直至沈瑜的眼睛感到一阵刺激，不得不趴在水槽边上，泪流满面。

电话铃恰好响起，恼怒的冬青不及细想，趿拉着拖鞋跑到客厅，是母亲从老家打来的。

母亲掐着饭点打来的电话，不外乎问一些常规的问题，衣服有否穿暖，工作是否顺利，孙子学习进步了没有，冬青或者回答“嗯嗯”或者说“知道”“明白了”。

一连串规定动作之后，电话线的两端出现了沉默。

这样的沉默由来已久，就像溜进输液管中的小气泡，每当这样的沉默来临，冬青总是无比害怕。他试图顺着岁月的绳索回溯，试图从往昔的日子里找到共同的回忆，挤掉气泡，打破冷场。可他找来找去，找到了自己的青年、少年还有童年，甚至找到了那对曾经属于他的乳房，以及漆黑的子宫，在那里，他拥有一条脐带，就像他现在握着话筒，拥有的只是一条电话线一样。

冬青匆忙而胡乱地挂掉母亲的电话，瘫坐在沙发上，发起了呆。

龙凤呈祥

一

你的腿怎么啦？新来的班主任好奇地问。

肌肉萎缩。

她的嘴唇张成了O形：什么时候开始的？

生下来就这样了。他低下头，肥大的裤腿里，两条变形的柴棒阵阵发软。其实母亲告诉过他，病是从四岁才开始的，但他觉得这样说也没有什么区别，四岁前的事情谁还记得呢。

噢，是不是先天……

这叫肌营养不良症。他打断班主任，满不在乎地把那几个字讲了出来。

啊……年轻的女班主任点着头，呼出了充满同情心的一口气。他甩着两条腿，望向窗外，他并不认为她比同学们懂得多，没有多少人懂这些，他也懒得解释。最后一节是活动课，同学们从每幢教学楼里跑出来，像一把七彩纸屑撒向操场各个角落，他摸出口袋里的饼干，旁若无人地边吃边看。

没过多久，母亲就到了。她谢过班主任，扶他下楼。今天怎么啦？她问。跟上趟一样，他回答。又要复查了，药按时吃了哦？吃的，不会忘啊，杨帆天天都提醒的。说到杨帆，他就笑了，今天也是杨帆去找老师的。母亲也笑了，下回叫他来家玩咯。

母亲先上车，他站在电动车后面，搬起一条腿横跨过去。母亲说，抱紧。他用力抱住母亲的腰，腰怎么有点粗了，他觉得手臂环抱不过来。母亲还是原地没动，她说，抱紧我啊。抱紧了！他嚷着。母亲回过头来，看到他把脸贴在了自己的背上，手臂却松垮地围着自己，像个呼啦圈。母亲不敢乱想，赶忙把头扭回去，手绕到后面拍了拍他的胳膊，说，坐稳哦。

晚上，他在台灯下做功课。

九年级的第二个学期，作业一下子多起来，他老是觉得忙不过来。班主任总是说，熬过这一年，考上重点高中就解放了。他也很努力，成绩却并不怎么样。写字写到一半，肌肉常常就会抽筋，捉不住铅笔和橡皮，眼睁睁看着它们从桌上滚到地上，自己就只能干坐着，没有力气站起来去捡。还好有杨帆在，他总是会罩着他的。杨帆是他小学的第一个同桌，他对朋友的概念，就是从杨帆开始的。杨帆会帮他捡东西、记笔记、整理书包、打饭、陪他聊天，有时还替他抄作业。想到这儿，他合上练习本，这几道那么难的应用题，还是明早留给杨帆去解决吧。

走出去刷牙，经过父母的卧室。隔着门听到那俩人嗓门挺高的说话声，掺杂在混乱的电视剧背景中，一时浑浊，一时清晰。他以为又在吵架，幸灾乐祸地趴在门上偷听。先听到父亲，……心理安慰……大概到二十岁。不一定的，有点信心好哦……这是母亲说，但声音马上被广告盖过了。门缝里仅透出电视屏幕闪烁的光亮，便不再有其他了。

他正要走开，门内忽然传来沉闷的一声“哎哟……不要乱来……”，像是母亲的，显得既伤心又痛苦。然后一阵广告音乐特别响亮，隔一会儿，随之而起是克制的喘息，还夹杂着拍打皮肤的闷声，在压抑中慢慢沸腾起来，几乎盖过了电视机。

他好奇地扭开门把，门被轻轻地掀开。小片扇形展开的光线自他身后，就像舞台的追光，越过头顶照到黯淡的大床上。母亲的胳膊连着肩膀以下整个背部都是光的，薄被子像条皱巴巴的蟒蛇缠在她的腰间，她惊慌地别过头，枯干的长发一直披散到枕头上。父亲从母亲胳膊后面露出半张脸，伸出手来把被子往上扯了扯。在一瞬间，他俩维持着这个姿势几乎没动，好像忘记了接下来该做什么。

……你们，在看什么电视呀？他装作啥事没有地问道。

父亲翻身坐起，母亲飞快地裹起毯子。

啥呀，都是广告。作业做好了？父亲说。

团团，早点睡觉，别忘记吃药。母亲说。

他潦草地点点头。父亲又说，以后先敲门啊。

嗯。他带上门，没有看见门背后的母亲关掉电视机，疲倦地靠在床头，而父亲怔怔地呆坐着，一只来不及离开的手，还在妻子身体上惯性地动作着。

他扶着墙小心翼翼走进卫生间，中间难免磕碰到障碍物，弄出了一点动静，这些早就习惯了。只是，听到的片言只语挥之不去……他们在说谁呢？谁二十岁？他今年才十五。二十是十五加上五。肯定是说人家。一个个念头伴随着牙膏泡沫冒出来，堆在嘴角，漫延开来，一直流到下巴，镜子里的自己看起来像白胡子老头，左看右看都像。他笑了，忽然想起书包里还有本借来的《海贼王》，那一丝朦胧的忧愁便一扫而光。过几天就要还给杨帆的，趁睡前赶紧再去看一点。

少年路飞的航海大冒险，各种神通广大的好朋友，无数奇妙遭遇——整晚他都沉溺在乱糟糟的梦境里，直到闹钟响起一把将他揪出来。他瞪大眼睛，仿佛刚回到人间，直愣愣地盯着天花板看了五分钟。除了灯罩有圈熏黄的痕迹，那上面什么也没有，墙面和墙面的交接线符合数学课里立方体的规则，笔挺，少量并适当的阴影，司空见惯的家伙，标志着新的一天又开始了。

他拿起桌上母亲摆着的几种药，胡乱塞进书包。

今朝还好？自己走行哦？母亲凑过来瞧瞧他，问道。

嗯。

慢慢走，迟到就迟到，我跟你们班主任打过招呼的。她的头发挽成一个圆髻，看上去比昨晚有精神。

反正我也走不快嘛，他懒洋洋地答。上学最讨厌了，真想和漫画里的船长一起出海去啊，什么病都赶跑了。

二

家离学校不远。边上还有个小小的公交车站，急匆匆的学生一团团地挤在人行道上等车，他贴着墙根从他们身边慢吞吞走过。迎面向他走来的行人，偶尔转头看他，他远远地避开他们，心里默念着母亲的叮嘱，不要往人多的地方去，每一步都小心，要踩稳。

哐啷——一辆山地车长满小刺的橡胶轮胎翻上人行道，伴着戛然而止的刹车声，忽然横亘在他面前。他下意识地往后一退，只听见响亮的男声：嗨，这么专心！抬起头，杨帆逆光的脸就在眼前，他伏下身子，一甩头，上车？没等回答，前面又有女孩的声音喊道，上车啦，就要迟到了！同班女生小妤跨着车，正在马路边朝他挥手，晨光在那个他异常熟悉的侧面打出薄薄的阴影。她长得不像别的女生，比如她没有厚厚的刘海，她的前额宽阔光滑，有个饱满的弧度——他曾无数次在掌心描摹过的弧度。不知道为什么，她今天会和他俩打招呼。

他只好坐到杨帆的车后座上，小好和他们并肩骑在一起，默默地并不开口。校服再宽大的裤管也掩不住两条细长却饱满的腿，它们有节奏地一上一下，令他的心也忐忐忑忑。女孩的臀部被座位勾勒得异常明显，都快把他的眼睛烫伤，他只好把自己的脚往车架上蜷得更紧一些，这让他弓起的背显得更驼了。他有不少关于《海贼王》的话要跟杨帆说，可因为小好，他便怎么也说不出来了。

这学期换了几个老师，都是专教毕业班的老老师。他不喜欢这些老老师，调皮的同学叫他们“复读机”，说他们只知道重复知识点，除了重复还是重复。只要他们走进教室，那些压抑的耐心和平直的语调，就织成一张均匀绵密的网，把同学们统统兜在里头，一个都别想跑。春寒料峭的下午，门窗紧闭的教室里同时弥漫着由所有人的毛孔、腺体和唾液混合的气息，在这样热腾腾的空气里坐一整天是多么折磨人的事情——他甚至觉得自己很快又会患上感冒。

前排就是小好，靠着椅子，背挺得笔直。她的马尾辫扎得不能再高了，随着每一次点头而左右甩动，发梢扫过，他闻到一股新鲜水果的甜味，淡淡的，若有若无。他鬼使神差地竖起笔尖，往她的发尾中间轻轻戳过去。笔尖穿过发丝，没有阻滞地滑落了，小好大概有些觉察，离开了椅背。这让他想起了一些常见的洗发水广告，总有这样一个女生，在各种场合，满头丝滑的长发飞起来吸引住邂逅的男生，四目相对，深情款款。

他托着腮帮出神了，直到同桌拿胳膊捅他，他才发现，周围所有人都低下了头，只有他还像一条水面上的鱼，昂起头微张着嘴，明显暴露了自己的秘密。老师自然是一定走到他面前，用讲义拍拍桌子，这位同学，你来讲讲看。

他手里的笔，啪嗒掉了。

嗯，这位同学？老师追问道。小妤转身看他，水果的味道伴随气流又飘了过来。他红了脸，慌张之下怎么都站不起来，小腿的酸劲异乎寻常，从脚踝的关节向腰部发散。他十五岁了，手脚却像摆设，并没有什么支撑力。要命的是，上课前就有的一点痒兮兮被忽视的尿意，此时却异乎寻常地越来越重，下腹渐渐好像揣着装满水的气球。他绷紧肚子上的肉，也没有什么效果，只好把身体前倾，用力下压，让腰和腿之间的角度尽量小一点，再小一点。同学们看来，他只是瑟缩得越来越紧，脸上的红越来越深。他拽住桌角，屁股不安地左右扭动，整张桌子都在不被察觉地微微颤抖。同桌踢了他的腿，不满地看住他。

老师大概也注意到了不正常，嗯……这位同学再思考思考，我们请别人来回答。周围一片竖起的脑袋随着这句话又遍地低下去了，老师转身往讲台上走，边走边说，同学们上课一定要集中注意力，时刻跟着老师的思路，提高上课效率才能……

哐啷——当，大家的头重又抬了起来。他撑着桌面摇摇欲坠，椅子歪倒一边，依旧涨红的脸上是欲哭无泪的表情。他喃喃道，我……我想上厕所。

几个胆大的同学已经笑出声来，老师一脸愠色，你这个同学倒是蛮有意思的嘛，回答问题么不肯站起来的……真当一点都熬不牢了？熬不牢么那也只好让你去的，去，快去。他离开课桌，步子有些摇晃。经过小好身边的时候，他的手掌啪地按在她的书上。她微微抬起头，随后冲他轻轻一笑。

这天晚上他靠在床头，看了一会儿漫画，就放下了，他还想着那个浅笑。这一天余下的所有时光，他眼前都甩动着一条马尾辫。关了灯，他躺在黑夜里睁大眼睛，迫切地想弄清楚这是为什么。等他的眼睛适应了黑暗，他便头一回看见没有光的天花板是墨蓝色的，而周遭各种摆设的轮廓也渐渐浮现出来。小好的轻柔笑声，像糖，像水，像一阵雾，用他知道的所有比喻去形容都不过分，反正就是像个女孩子。他想起每回轮到小好做值日，好像总是会伸到他的桌子下面多扫几下，每回传作业，她都是转身轻轻地放到他桌上，而不是跟别人一样越过头顶就往后扔，甚至好几次老师点名，她的名字和他的名字都是挨在一块儿的。三年同窗，好像只敢胆怯地想想她。可今天之后，对她的所有印象却都澎湃地涌了出来，仿佛这些东西一直在某个角落悄悄地藏着掖着，伺机而动。

他持续地乱想着，毫无睡意的同时居然也没有意识到膀胱强烈的膨胀。当他略有所感而爬起来的一刻，已经不能控制了，内裤就那么温吞地湿掉了。他打开灯，光线把所有萦绕脑际的美好画面一赶而空。他掉回现实，跌跌撞撞跑进洗手间，排空了剩下的所有液体。扯开尿湿的内裤，裤裆上有一大块夺目的深颜色。这么大的人，竟连泡尿都熬不住。这也太……想起小好，他满脸骚热羞愧难当。

再躺回床上的时候，他觉得无比沮丧，屁股下的床单潮乎乎的一团，只能靠体温去烘干了。那摊湿湿的尿迹，就像倒霉的乌云盘旋在他头顶，叫他今夜再也不可能继续任何美好的幻想了。他又爬起来，翻检出扔到洗衣篮里的脏裤子，又攥又揉，最后把它搓成一团，从窗口丢了出去。

三

五月开始的日子，时断时续地总在下小雨。这场连绵的雨在某天早晨，忽然停了。他照例早早起床，到客厅一看，桌子上还是空空如也，不见应该预先备好的早饭。

卫生间里倒是有点动静，他见到母亲蹲在马桶边。她缩着脖子，耸着肩膀，背部有节奏地起伏着。

妈，你在做什么？

母亲立刻挺直了背，说：冰箱第二格里有蛋糕，去吃。他走上去拉她。

做啥，我没事啊……

他不理不睬，扯住两个袖管，用力把她往上拽。

母亲慌了神，想要挣脱他，而他本来也使不出什么劲，母子俩最后纠扯着都坐在了地上。母亲心疼地搂住他，说：真的，妈一点事都没有，换件衣服读书去，乖。他凝视了一会儿母亲的脸，有些肿胖，眼圈有些发黑，其他倒是也一如往常。

他到学校的时候已经是课间操了。

校园里到处回旋着震天响的《运动员进行曲》，他微晃脑袋合着那节拍，静静地站在走廊拐角，等着同学们快速地鱼贯而下。他看到人群里的杨帆跳下最后几级台阶，跑过他身前，又立马折返回来。

咦，又迟到？

我妈病了。

你爸呢？

出差去了。

杨帆像个大人一样拍拍他的肩，放开的时候不免露出惊讶的表情：你真瘦，吃太少了吧……

他不晓得怎么回答，母亲告诉过他这不是营养跟不上的瘦，那个病就是这样，正常现象。他想给杨帆解释解释。但杨帆已经没工夫听了，他飞奔着赶上大部队，背影快速地变小。

耳畔又响起第七套广播操的前奏，雄浑的男声短促地呼喊“时代在召唤——”他拖着脚步，摇摇晃晃往教室走去，他从来就不知道做广播操究竟好不好玩。不过最近，他发现下蹲的时候，脚后跟一碰到地面就自动后仰摔倒，这让他替自己找到了某种很好的睡前消遣。每晚他都在软软的床垫上蹲下、摔倒，爬起来，蹲下、摔倒，仰天倒在席梦思上的感觉有些晕乎乎，还有那么点速度和力量并重的意思，跟上了发条的玩具似的。

随着音乐的结束，走廊的平静马上就被打破了，蹭蹭蹭的脚步声由轻到重，接踵而至。同学们回来了。但没有人走进他的教室。他看看课表，原来下一节是体育课。

真无聊。他懒洋洋趴倒，从去年起，他就不上体育课了。

杨帆忽然跑回来，冲他笑笑：忘记换鞋子。

你不是穿着球鞋吗？他见杨帆又从座位下拖出来一个手提袋。

换双新的，打篮球去。杨帆头也不抬，口气里都是高兴劲儿。

他还是第一次见到这么特别的球鞋，没有鞋带，只有一条拉链，杨帆三下五除二就换好了。临出门他扶着门框问他：也下去走走哦？今天开太阳啦。

那……好吧，你先走好了。

他在篮球场边的水泥地上坐下来。他们班的人被分成两组，男生三步上篮，女生垫排球。杨帆先朝他挥挥手，他的高个子本来就很显眼，簇新的篮球鞋更是让他从头到脚都鹤立鸡群。接着他发现了小好，就在隔他几步路的地方。小好大概也看到了他。她和同桌分在一组，那女生微微胖。从他坐下来的几分钟里，胖女生开始被小好的垫球搞得穷于应付，好像小好是故意把排球垫成那样的，一忽儿很左，一忽儿很右，对方往哪跑，球偏不往哪去。终于有一回，胖同桌又没有接住，球唰地越过她却从他身边蹦了过去，穿出了球场的大门，一直向操场的跑道滚过去。小好举起手遮在眉间，在阳光下眯起眼睛，她看着同桌，意思是你没接住的该你去捡。胖女生捋着头发，气喘吁吁。

他忽然觉得自己坐在这儿无所事事，应该帮帮她们吧，不过是举手之劳。他朝胖同桌喊：我去捡！一边撑住地面准备站起来。第一下，没起来；第二下，还是不行。完了，每到关键时刻，身体怎么就那么重啊。他用力了好久，真的好久，像是跟水泥地过不去似的，拼命往下按。可能的确是太久了，他看到小好和胖同桌的眼神都慢慢变了。而球呢，球已经远远地在百米跑道的那一头了。

别动，你别动！杨帆大叫着冲过来，单手还抓着个篮球，飞快地蹦到他面前，按住他肩膀。他发育得真是高大，把天上那些阳光都遮住了。

你妈说的，你坐久了不大站得起来的，等歇下课我来扶你，球我去捡好了。杨帆把他按定就跑远了，他看到那蓝白相间的崭新球鞋，蜻蜓点水一样轻盈地远去，都来不及问一句，怎么能用一只手就抓住篮球呢。

排球很快被扔回给了小好，小好冲着杨帆嫣然一笑，杨帆昂起脖子，腰杆笔挺地跑开，假装什么也没看见，踩着耀目的新球鞋归队了。女生们也接着练起了排球，而他终于松了口气，曾努力绷紧的肌肉总算有了喘息的机会，曾挣扎起身的痕迹也荡然无存。他依旧坐在水泥地上，背驼着，腿缩着，双手抱着膝盖，阳光散落在篮球场上，散落在女孩们的身上，也散落在他的身上，这是多么难得又公平的时刻啊，他几乎快要觉得自己不过是在球场边玩累了而暂时歇歇脚的呢。

放学的时候，他走出校门，看到父亲跨着摩托车等在一边。父亲迎上来夺过书包，告诉他母亲身体不好，自己是提前回来的。

那么……你就上来吧。父亲拍拍后座。摩托车有点高，爬上去费了不少事。父亲给他戴好头盔，父亲的脸平素是紧紧的，此时倒干笑了几声：像杨利伟啊，儿子！

到底是父亲的车，开得真快啊，油门一踩就超过了好几辆汽车。五月的风吹在脸上，一点都不凉。父亲的背又宽又厚，靠着真舒服。一整天他心里都充溢着无数说不清楚的快活，在快到家的那个转弯路口，他趴在父亲背上，忍不住说：爸爸，我想买双篮球鞋！

啊——买啥？父亲侧过头，话语很快被风吹走了。

篮——球——鞋！他大声地又喊了一遍。哇，“篮球鞋”三个字，光是说出来就那么悦耳，穿上之后呢，也会跟别人一样帅的吧。

这次父亲就没有回头。他感觉到摩托车的速度慢下来，引擎突突突的声音也变小了。父亲把车停在红灯前。

你不是有好几双鞋嘛。父亲漫不经心地拖着腔调，两颊胡子拉碴的。

现在有种新式的篮球鞋，没鞋带的，一根拉链就好了！今天看到有人穿来的！他继续兴冲冲地解释。

有啥好的？我看一点都不灵，不系鞋带的还叫球鞋？

不是球鞋，是篮球鞋，穿穿脱脱都蛮方便的！他仔仔细细纠正。

父亲摘下头盔，小心翼翼侧过脸，瞥见儿子斜牵着头，不知道在往哪里看。

穿球鞋太麻烦，早上读书来不及的。

不会的不会的！给我买一双，买一双啦——他冲着天，在后座上左右扭动起来。父亲不得不把另一条踩着踏板的脚也放到地面上保持平衡。

唉哟，不要乱动，当心跌下来。这种新式的鞋子不晓得贵不贵，哪里买你晓得哦？等歇我们到家问问你妈，看她答不答应好哦？

你问她么等于白问，稍微贵点的东西么她肯定不答应的！他继续扭啊扭，两只脚踢着摩托车轮子。

话音刚落，头上就挨了父亲一巴掌，差点被扇到路旁阴沟里去：你再动，再动我还怎么开车！

四

妈，都是我不好。前几天他想买新鞋子，我没同意，在他头顶心打了一巴掌。

父亲息事宁人地自我检讨。中年人后脑勺的头发压得扁扁的，油腻腻一撮撮地缠在一道，露出了头皮的惨淡肉色。

去打他做啥，啊？怕没得打要打个够？一双鞋子能贵到哪里去？多少钞票？我来买好了。说话的老太太嗓门凌厉。

房门没关紧，咔嗒松开了。他醒过来，翻了个身，想去够床头柜上的杯子，结果到一半就放弃了，脑袋还是很晕。

奶奶来了，大概又是带了乡下的蔬菜鸡蛋。此时他可以想象老太太攒着满脸核桃皱纹教训父亲的模样，而父亲耸着肩膀垂头丧气，便不免有点幸灾乐祸。

不是钞票的问题，姆妈。你是不晓得，他两只脚掌的关节一直肿，球鞋穿不来，浪费了。

这么多年，我还不清楚他的毛病？可以满足就满足他好了！奶奶气乎乎坐下来，椅子腿大大咧咧地划过地板。

就是说，不上体育课就不能穿球鞋了？还是奶奶明白人！他半卧起身，掀掉一半毯子，脸上贼贼地笑，嘴里叫唤着，奶奶，奶奶。

醒啦？母亲说。她从床尾抬起头，也是睡眼惺忪。

奶奶走进来，看到他们，口气一下子软绵绵。哎哟喂，我的孙囝，午睡哪。奶奶来看你啦，想不想奶奶啊？

奶奶看上去精神、利落，也很健壮。他的愁云一扫而空，习惯性地扯住母亲的腰就要爬起来，没想到这个亲昵的举动被挡住了。母亲轻轻地推开他，把一个枕头垫在他身下。吃药了，她摊开的掌心里，药丸五颜六色。

他一粒粒捡起来，一粒粒塞进嘴巴。奶奶刚才说要给我买篮球鞋。药还没咽下去，他有点口齿不清。

妈，你就是宠他，母亲怪道。

你呢，感觉怎么样？吃得消哦？小菜都落胃哦？睡觉睡得好哦？奶奶热情地提问媳妇。

都好，没啥适应不适应的。媳妇谨慎地回答，略略使个眼色。她的声音听起来就是不如老太太那样中气十足。

看脸色好像不大好？蜡黄蜡黄的。老人会意地拎起媳妇一只手，多吃点，啊？太瘦了，你们两个都是，太瘦。

我姆妈瘦啊？她现在老胖了。他抬头看一眼母亲，她套着父亲的宽大外套，不修边幅地显得越发肥大了。中年妇女全这个样，喝白水都会胖，屁股像发酵的面团一样胀开来，浑身仿佛还散发着甜腥的牛奶味道。

胖？我看是虚胖！奶奶一口就下了结论。他看过医生了吗？

看过了。医生说不严重，躺个把礼拜，没事的，母亲回答。反正这几天我也请假了，照顾小孩又算休息。

叫他爸爸多帮帮忙，你也辛苦这么多年了。尤其是这段日子，是该歇歇了。实在忙不过来么，我住过来好了……老太太另一只手也伸过来，媳妇的掌心手背整个被她摩挲着。

好啊好啊，奶奶你来住嘛，他欢欣地说。

当心点总是没错的，啊？奶奶捉了只生蛋鸡，马上就炖给你吃！老人慈爱地抚摸着孙子的头发，她的眼睛埋在堆叠的眼皮里，显得狭小细长。两颊的皮肉松垮地垂挂着，鼻翼到嘴角的褶皱，像两道深深的沟渠。

母亲没有跟着奶奶一起出去，她揉着儿子的头欲言又止。他的短发有些长了，手感软软的，像无数浓密的绒毛触角。

你们女人怎么都这样，就喜欢摸我的头。他嘴里啃咬着一片牛肉干，像个小大人似的责备道。

母亲勉强笑了，故意揉得更重。

看我爸，就知道打人……

母亲住了手，把他的肩硬掰过来，他嘴里还嚼着肉。

她慢吞吞地抓去了柜子上一朵毛茸茸的灰尘，然后又拈起床单上的几根头发，她盯着碎头发说，乖囝，不许这样讲你爸爸。

爸爸和奶奶是一样的，他们只有你一个。房里还没有开灯，母亲背对着黄昏的窗户，眼光越过他，一直伸向墙角。

五

电风扇在某个角落呼呼地吹，掀动着写字台上的书页，一瓶冰可乐已经迅速蒙上了薄薄的白雾。

杨帆倒了杯可乐，抬头一饮而尽，汗津津的喉结上下蠕动着。这让他下意识摸摸自己的脖子，并没有汗，只有单薄的一层皮，好像是很文气的样子。

你的病好些了吗？小好忽然歪着头问道。她坐在风口，裙角翻飞，双腿拘谨地并拢着，椅子背后是浅色窗帘。热烈的阳光穿过布料，勾勒出她头部的轮廓，让她不那么乌黑的头发显出一种柔软的深蜜色。

中考结束了，许久不联系的杨帆忽然说要来看他，当他和小好同时出现时，他吓了一跳，头一回看见不穿校服的小好，好看得像陌生人。此刻他难为情地垂下眼皮，注意到杨帆穿着短裤的腿上长满了汗毛，他用裸露的膝盖轻轻地碰了小好的，仿佛在做出某种暗示。小好于是站起身，拉拉裙摆，给三个杯子加满了可乐，杨帆把话题岔开了。

自然地就一定说到读高中的事儿，那俩人便都兴奋起来。杨帆说高中的操场是四百米跑道的标准足球场，踢球一定特爽。可我听说重高管得很严，礼拜六都要上课，哪有时间踢球，是吗？小好转向还没开口的他，在征询他的意见。他又不知道的，他还没告诉大家他连最差的学校都没考上。他摇摇头，不断呷着饮料，杯子外面凝结的水珠滴到了长裤上，在这特意穿上的长裤下面，疾病令他缺乏运动的小腿肌肉像两个半球一样地畸形膨胀。

杨帆就不答应啦，小好你乱讲，听说重高是讲素质教育的，课外活动很多的。小好张大了嘴，是吗？他注意到那张嘴即便撑到最大也还是浑圆一个小圈圈，而嘴唇的皮肤又绷紧了，特别有光泽。我堂姐就在那儿读高三的，她说礼拜天都要上课的！敢打赌哦？杨帆的手肘推一下小好。赌就赌，谁怕谁啊。那我们赌什么咯？小好忽然脸红了。

他咕咚咕咚灌下了第三杯可乐，好像灌下一大碗壮行酒，去积蓄勇气想要说点什么。

高中一点都不灵的，他撇撇嘴。不知道为什么突然蹦出这么一句，让打赌的两个人都抬起了头。

嗯……为啥？小好坐正了，瞅瞅杨帆，杨帆像外国人一样潇洒地耸耸肩膀。

整天就是上课做题，还没受够啊？他又给自己倒上一杯可乐，放到嘴边的时候觉得胃胀得难受，却还是勉强抿了一口。

可是换个新环境，总是很期待的呀，小好睁大了清澈的眼睛。

他挠挠耳朵，翻了个白眼，我觉得都差不多。

杨帆走过来挨着他坐下，大大咧咧地用肩膀顶他，喂，怎么啦……考得不好？跟我们说说又没关系的咯……

他闻到杨帆身上被风吹来的汗味，小好也拿鼓励而同情的目光看着他，他正斜斜地半躺着。今天太热了哦，他说。他不喜欢他们那种关切的姿态，这可是在他的家里。所以他打算坐起来，他的动作很奇怪，先缓缓地侧过来，再靠着弯曲膝盖的支撑，才能竖起上半身，然后他和他们的视线就在一个水平线了。

我最喜欢热天了，出身大汗，那叫一个爽气。杨帆顺着话头说下去，好像忘记了刚才的事情。我最讨厌热天了，洗完澡就一身汗，小好立刻回应，我有时候一天要洗好几个澡……哈哈，你们女生就是这么麻烦……杨帆朝小好俯过身去，又变成了两个人的对话。

杯壁上都是水，握着又凉又滑。再一口冷饮下肚，他自然而然地有些想撒尿了。

……你怎么这么差劲，连扣篮都不会哟！

干吗啦干吗，有什么关系啊……杨帆又坐回小好旁边，靠得比先前更近了。他注意到杨帆也喝了好几杯可乐，却好像没有要去厕所的意思，于是决定把这泡尿先压一压。

小好朝书桌挪挪，扯出一叠书最下面的那本，拿在手里端详着，那是《海贼王》系列的其中一本，也是他最喜欢的一本。我就不明白这些黑乎乎的漫画有啥好看的，小好哗啦啦翻书，喂，都讲些啥啊？

它讲的是一个……他感到小好是问自己的，便欣然开口……一个男男孩子……和朋朋友……去去……说了半句却结巴起来，微微冒芽的尿意借着此时这莫名其妙的激动悄然涌动着，微妙而不被察觉地滋生，他的下腹似乎裹着一朵隐秘的火苗。

讲一个男孩子当海贼的故事！这个男孩子名叫路飞……杨帆又把他的话抢走了，并滔滔不绝地继续下去。

海贼是啥？

哈哈，就是海盗咯，这个都不知道，书白读了你！杨帆挤眉弄眼地做了个鬼脸。

你敢再说啾……他看见小好拿起他的漫画书朝杨帆头顶拍过去，对方哇哇乱叫着用手遮挡，却不逃开。

哎哟，痛死了痛死了！你看她……杨帆仿佛招架不住，半真半假地向他求助，同时在椅子上东倒西歪。他们夸张而放松地吵闹着，他们的动作似乎使电扇都变得活泼起来，似乎吹起的风都有了更强烈的波，所有的声音充塞着弥漫漂浮，雾一样散开来，渐渐胀成一块巨大的棉花糖，没有重量地啪嗒啪嗒砸在他脑袋上，砸在他肩膀上，砸在他肚子上。

他忽然探出上半身，以一种对他来说罕见的敏捷，抓住了小好挥舞在半空中的漫画书。俩人立刻安静下来，巨型棉花糖像泡泡一样消失了。于是他们看见他急切地翻动书页，最后指着其中某幅画，杨帆，你还记得路飞跟威顿说的话吗？

呃……哪些话？说来听听看，杨帆又变得一本正经。啥呀？小好也凑上来。

他就开始说了，草帽海贼团进入彩虹色迷雾后，路飞对威顿说过很棒的一句话，你不记得了？路飞说："海贼根本就不需要权力，因为我们海贼最重要的，就是要有梦想！"怎么样，很不错的一句格言吧？他有些红了脸，继续说道，我还把这句话写到中考作文里了呢，题目不就是要写啥"不一样的精彩"，引用这个很符合的咯……

他又停下来，对面两个人还是没有搭理他，他们用一种异样的眼光直直地盯着床板。干吗？他顺着他们的视线低头望去，终于看到了他们在看的东西。有条细弱的水柱，像是从他裤子上扯出的一根粗线，顺着床沿蜿蜒流下，尾端断断续续地盘在地板上，滴成一汪小水滩。

那个、那个……是杯子打翻了吗？小好的口气有着做作而怜悯的礼貌。

几乎与此同时，风吹过来，吹得屁股上隐隐的沁凉。他侧过身，竹席上一块不规则的深色水渍，正从边缘开始一丝丝扩大，向底部渗去。杨帆和小好慌乱地站了起来。小好难为情地别过脸，向前迈出几步，又停住了。他像见到鬼一样，不断地后退，最后瑟缩地蜷到角落，目光只是盯着那摊痕迹，脸上的红晕也渐渐褪去了，显现出和夏天格格不入的苍白。杨帆挡在他和小好的中间，手忙脚乱地抖开叠好的毛巾毯，却举着不知道怎么办。他猛地爬过来抢过毯子，紧紧地遮挡在胯间，陡然间歇斯底里地喊了起来，一声高过一声，妈——妈——妈妈——！

母亲臃肿的肥胖身躯蹒跚着冲进来，被他紧紧箍住，他一个劲儿地往她怀里埋。她拍着他的背，不停地抚慰着。冷不防母亲肚子里像有条粗大的弹簧倏地拍打了他，他触电一样推开她……什么东西弹了我一下！他伸出食指，指向母亲的肚子，它被藏在宽大无比的长袍里面。整个夏天，她都穿着这几件白大褂一样的罩衫。

母亲怔住了。杨帆拉着小好悄悄地退到外面。

没什么呀。团团，你弄错了……她的手紧张地放在肚子上。

我没弄错！真的有东西弹了我，你告诉我是什么……他一点点地往后挪，浸透的裤子在床上拖出一道长长的水痕。

快让我给你收拾一下，换条裤子，乖！她向他伸出手臂。

我不换，我不换……那儿，真的有怪物……他抽泣起来。

母亲无力地坐进椅子，怪物，怪物……她呢喃起来。

怎么会是怪物，儿子。妈妈告诉你吧。母亲平静地说道，那是你的妹妹。

妹妹？妹妹……

好久他才回过神，他震惊地吼叫，你们不要我了？

六

我说你们家福气真当蛮不错，是哦？邻居阿姨高声说道，透出慷慨的亲昵。她帮助他的母亲拎上来两桶油。

哪里哪里，就摆在门旁边好了。母亲殷勤地招呼。

阿姨拍拍手说，这个年纪养得出是要养的噢，福气太好了！男的女的？

基本上是个姑娘。来坐歇，喝口水？

别别别，我马上走的。姑娘好，跟妈妈要贴心！大概啥时候养啊？

……差不多要年脚边吧。母亲轻轻作答，总归有掩不住的喜气。

啧啧，有儿有女，人家怎么说的？凑成一个“好”字啦！不得了，不得了啊……阿姨讨喜的话一直飘到阳台上。

他裹着宽大饱满的羽绒衣，像被果肉包住的一枚狭长的果核，处于一种不对称的状态——一条腿伸出，一只手垂着。光线从衣服表面滑过，为他裸露的皮肤打出模糊的亮部和暗部。他紧闭着眼睛，躯体仿佛仅仅是用来承受阳光的无足轻重的支撑物。

有人走来，把他坐的轮椅转了个方向，他早就醒了。母亲腆着大肚子，身后拖着一个篮筐，她递给他一只握力器。活动活动，她说。

握力器很紧，但这是每天必做的复健功课。他已经能熟练地更换纸尿布了，睡前垫上一片尿布，于他也不再是那么不堪的事情了。

才捏了几下，他就倦了。母亲坐在阳台另一边，篮筐里盛的都是旧衣服。今朝太阳好，理出来晒晒，母亲自言自语。她的脸肿得锃亮，大肚子也掩饰不住了，怀孕使她变胖变丑，变得不像他习惯的样子。她时常对着空气莫名其妙地呢喃，她有了随时忘却她以外的人和物的能力。

母亲正在把衣服一件件地扯出来，有些还比较新的她通常只微微抖开一下便折好了，有些已经很旧的她便要左右打量很久。她并没有很多自己的衣物，他注意到小半筐都是他的，他用伸长的腿把衣筐勾到自己脚边。有些穿不下了，有些是不喜欢了。统统这些旧物历经次次穿脱，而变得委顿、褶皱，每件都可能从他身体拿去了什么，又没有留住，于是都像他蜕下的层层遗骸，被母亲分门别类晾晒折叠。

妈妈是晓得还有妹妹，才没有扔掉这些衣服的吧！

妈妈是拿去送人，男小囝的衣服妹妹穿不了啊。

唔，要给妹妹留出地方摆衣服的。

母亲停下了手里的活，鬓发披下来，遮住了眼睛。她搬着小凳挪到轮椅边，揽住他的脖子，她说，妈妈的乖小囝，真懂事。

他微微挣扎，母亲却抱得更紧，那对因为怀孕而胀大的乳房让他觉得柔软极了，她肚子里的东西又拍打了他。

那她会长得像我吗?

母亲点点头，当然啊。

妹妹会跟我一样生病吗? 他在她怀里抬起一只眼问道。

母亲打个激灵，仿佛受到了惊吓，她伸手抚平了前额的刘海。

……肯定不会，她回答,鼻翼跟着在颤抖。

他抿紧了嘴唇，他说，妈妈，现在你是世界上最幸福的妈妈了。

这天晚上，母亲预先塞进去的热水袋，让他睡得暖烘烘的。他睡得那么好，以至于根本没有听见隔壁母亲痛苦的喊叫，父亲忙乱的脚步，和沉重的关门声。他睡得那么好，好得头一回有做不完的梦。

他梦见自己躺在麦田上，麦子像海水一起一伏，整个身体被浮力松散地托举着，脸上遮着一顶大草帽。草帽和鼻梁的缝隙中，阳光在拼命挤进来，他眯起眼，看到麦穗就跟他想象的一样，被风吹得东倒西歪，有些倒伏下来，毛茸茸地扫过耳垂。他舒服得要命同时也痒得要命，这感觉蔓延开去，那股同样痒兮兮的尿意也随之而至，像个亦步亦趋的老朋友，不声不响地来了。

他惊惶地翻身就走，踏着麦穗如履平地，越走越快，竟然狂奔起来了。他从未体会过疾速的奔跑，他不可思议地看着自己的两条腿，肌肉发达，匀称有力，带着天然的弹性。他跑啊跑，越跑越快，他越往前跑，麦田也在不断地延伸，始终找不到边缘，但他没有一丝疲惫，风像淋浴的水流从耳边灌进去，嘘嘘地响着。

终于他看见了一棵粗壮的大树。那棵树孤零零站在金黄色的麦地中间，枝繁叶茂，魁梧的树身仿佛经历过一切而屹立不倒。他停下脚步，呼呼喘气，终于可以像个男人似的放下裤子，跟电影里那些不拘小节的英雄们一样，堂堂正正地撒上一泡尿了。

当温热的水柱穿透皮肤，喷涌而出的时候，那个亮闪闪的弧度真是好看极了。他甚至看到自己的尿把树根边上的泥土冲出了一个水坑，多么让人骄傲的水坑啊。他觉得应该好好享受这美妙的时刻，他想到爸爸撒尿时候是不看自己的尿而是眼睛平视的，因此他也抬起了头。天空碧蓝，天底下一望无际的麦子在阳光下闪着光芒，非常耀眼，仿佛都在为他喝彩。他抬起头，看到太阳穿过树叶，斑斑驳驳照在自己身上，温暖极了。

他忍不住叫起来：爸爸！妈妈！快来看呀！我再也不会尿床了！爸爸……妈妈……他叫着叫着就把自己叫醒了。屁股底下，一股湿热的暖流渗出来，正在变冷的液体已经浸透了尿布。

“爸爸！妈妈！”他徒劳地睁大双眼，真的叫了起来。没有任何回应。

清冷的空气里，除了头顶灰蒙蒙的天花板，什么也没有。只有发情比较早的野猫，或许吟起夜半歌声，在浓稠的暗幕里，画出每个夜晚最有活力的景色。

一切是怎么发生的

知觉：反映客观事物的整体形象和表面联系的心理过程。知觉是在感觉的基础上形成的，比感觉复杂、完整。（《现代汉语词典》第五版）

知觉：外界刺激作用于感官时，人脑对外界的整体的看法和理解，它为我们对外界的感觉信息进行组织和解释。在认知科学中也可看作一组程序，包括获取感官信息、理解信息、筛选信息、组织信息。（百度百科）

不知不觉

街角槐树下卖冰糖葫芦的甲小贩，在某个周六下午，破天荒地又看到那个黑衣女子独自走进了对面的内衣店，而过去几年来，她总是挽着另外一个丰腴女人进进出出。黑衣女人走进店里后，一个中等身材的男人就走出来拉上了卷闸门。甲小贩看看挂在当头的太阳，觉得今天男人又这么早关门很不寻常。

远处，隔着一条街的饺子店老板娘照例在这个时候拽着儿子来买冰糖葫芦，一路上她都在数落小孩整天就知道吃就知道玩，走到摊子前才消停下来。

甲小贩一边接过她递来的硬币，一边朝对面努了努嘴，老板娘回头一看，说："金诚这么早关门了？他那些朋友也不玩牌了？"

甲小贩说："不玩了，好几次了，都是他老婆一个人来的。"

"人家不玩了，你也少给我出去玩！"老板娘把冰糖葫芦塞到儿子手里，狠狠地拍了一下儿子的头。

电动卷闸门正好在这时升起来了，露出一双苍白的小腿，小腿的主人来不及等待卷闸门完全卷起，就急匆匆地弯腰走了出来。兴许是店铺里太昏暗，午后的阳光突然刺到了她，她眯了一会儿眼睛，才看到对面使劲盯着她看的甲小贩和老板娘，她对着他俩举起手，摆了一下。老板娘推了一把儿子，小孩含着满嘴的冰糖葫芦，含糊地叫了一声“何老师”，何逢吉的嘴角牵起了一点笑意，她礼节性地点了头，转身走掉了。

作为一个小贩，甲小贩和所有的小贩一样，甚至和居住在这个小城里的所有男人一样，总怀着一种对未来生活模糊的憧憬，这种朴素的憧憬让他总是在一些特定的情景下变得敏感而又忧伤。当他望着舞蹈老师何逢吉离去的背影，感到被深深地打动了。何老师行走在空气里的深色背影，被阳光罩上一层绒毛般的光晕，那一步一步间歇明确的移动，竟然渐渐地让甲小贩朦胧的憧憬变得坚实和清晰起来。这个在街角槐树下卖冰糖葫芦的小贩，掸了一下衣服上看不见的灰尘，站得越发坚挺了。

一个多月过去了，有时候会刮风，有时候也下雨，甲小贩经常性地躲在内衣店的屋檐下，一次次看到金诚形单影只地进进出出。在那些周六的下午，金诚的太太何逢吉、金诚的朋友顾维汉和太太的朋友钱喜趣，再也没有来内衣店打过牌。有一次，甲小贩甚至差一点就追上金诚了，他很想开口问一下何老师哪里去了，但是金诚在街角突然拉住了一个女人的手，让甲小贩放弃了提问的打算。这个女人是谁呢，她有着甲小贩所不熟悉的背影，矮了一些，也更硬朗一些。如果甲小贩追到他们前面去，他会不失惊讶地发现，那本是一张并不陌生的脸。

不知不觉间，金诚和这个新的女人频频出现在内衣店附近，小城的人们终于发现，曾经的模范夫妻金诚和何逢吉，原来已经分手了。

后知后觉

何逢吉是个好看的女人。

一个好看的女人，总喜欢有意无意地利用美貌去获得一些聚集的眼光，进而获得一些与己的便利。但何逢吉并不算是这样精明的女子。

她虽然不免高傲，但她从不用高傲谋利。读书的时候，她对男生塞过来的小纸条总是视而不见，对他们注视的目光总是别过头去，她总是得有母亲在场的时候才接异性电话，她没有谈过青春期的恋爱，她甚至并不很清楚青涩的感觉是怎么样的。她以为她做的一切并不是为了待价而沽，她以为她的一切方式都来自一种强大的无力感——“我没有办法”“我只能这样”。所以，她就成了校园里那种特别让人生气的女生，人喜欢或者人不喜欢，对她都无关紧要。正因为这种货真价实的高傲和冷漠，女生们当她是威胁，排挤她，就好像她们排挤另一个活蹦乱跳跟男生打成一片的女生钱喜趣。

尽管排挤的原因不同，结果却是大同小异，都是孤单的却是截然不同的何逢吉与钱喜趣就这样同病相怜地成了一对好朋友，她们一起在小城读完了中学，一起到隔壁的小城读了一个三流学位，又一起回到了小城，各自做着一份不紧不慢的工作，过着不咸不淡的日子。

何逢吉第一次遇到金诚是在一个安逸的下午。安逸其实不能说无所事事，而是随心所欲。随心所欲的何逢吉逛到金诚的小小内衣店，碰到了这个异常沉默的异性内衣店主。她喜欢这样不说话的店主。

她浏览了一圈，从货架上挑了好几款文胸，抬头看到金诚善意地点头，她就径自到了试衣间。不管大服装店还是小服装店，试衣间总是一个很有趣的地方，墙上有个钩子，墙角有个凳子，和外界的人来人往仅仅隔着一道门，那扇门说是天堂跟地狱的分隔也不为过，因为女人们总能轻易地在那儿宽衣解带。何逢吉一屁股坐在凳子上，习惯性地从门缝里望去，看到金诚的脸正朝向着试衣间张望，尽管他什么也不会看到。

她缓缓地脱着上衣，想起八岁的暑假，住在爷爷家里，每天下午五点，十六岁的堂哥带着一身踢球的臭汗，走到爷爷家的厕所冲凉。八十年代初建造的楼房，厕所里没有抽水马桶，大多是蹲坑，厕所门的下半部分由一根根侧斜的细木条横隔而成，既流通空气又隔断了外面的视线——但小小年纪的何逢吉是不知道这点的，她曾怀着一种说不清楚的好奇在每天下午五点弯下腰张望正在洗澡的堂哥，虽然什么也没看到，她也不曾设想看到了会有什么，但有一天当她也在那里洗澡，弯下腰却发现外面什么都看得清清楚楚的时候，才感到了一点点难为情。很多年后，堂哥的婚礼上，她还是会想起这段往事，不知道当年洗澡的堂哥是否注意到每天她都在厕所外面窥探他。

此时在幽暗试衣间的何逢吉，透过门缝看到金诚若有若无的目光，又想起了那些伴着哗哗水声的夏日黄昏。她努力又徒劳地去迎接他的视线，好像这样就是在代替堂哥给当年那个门外的八岁女孩一点补偿。因为这家内衣店，一些流动的目光，和男人模糊的轮廓，这个安逸的下午变得随心所欲地风月起来。

后来，他们就开始约会了。他们的第一次约会，还是何逢吉主动去餐厅订的座，她甚至坐着出租车在金诚打烊的时候就准时地等在了店门口。天似乎要下雨，何逢吉对金诚说，我已经带了伞。一直到晚餐结束，何逢吉都表现得像是个熟练的女友，她会自己倒茶，自己夹菜，从包里拿出小镜子补妆，会说“我去下厕所”而不是“去上洗手间”，甚至吃饱了当着金诚的面掩住了口鼻剔牙齿，舒服地斜靠在椅背上，让坐在对面的人清楚地看到她略微鼓胀的小腹……她让人感到这些动作都是发自内心的一目了然的，而且好像是可以重来的，既然是能够重来的，随便一点又有什么关系呢。

即便是在后来和金诚做爱的时候，她也不记得有没有过一些紧张的或者别人说的心潮澎湃的时刻，她只是随着他的节奏摇来晃去，金诚的脸就像钟摆，悬挂在她的上方，随着剧烈的运动出现无法聚焦的模糊。就像第一次从试衣间的门缝里看到的一样，这模糊的轮廓反而令她觉得安心和安稳，她从来不愿意看清楚什么，看清楚的背后意味着做出选择，何逢吉一旦要面临选择，就会有无休止的无力感如潮水般袭来。和金诚的第一次，她竟然就在这样的稀里糊涂中到达了顶点。

金诚在一个有月亮的晚上求婚，这就像是故意安排好的一样，朦胧的月光重又令他面目不清——面目不清的金诚总是令何逢吉没有抵抗力。再后来，他们就结婚了。

在遇到何逢吉之前，金诚的内衣店开了已经有些年头了。

“内衣店”的概念通常情况下几乎是完全属于女性的，一个以卖女式内衣为生的男人无论如何都是暧昧的，就像插头跟插座总也撇不清干系。他迷恋于这种暧昧，也无论如何总要有些异于常人的地方，否则他如何具备与女店主竞争的说服力。

金诚能一眼看出女人穿几号罩杯，但他往往不是通过盯着胸部看出来的，那是特别低档的做法，并且也不利于生意的开展。金诚是通过观察女人的眼神发现她们胸部的秘密的：大罩杯女人的下巴为了衬托高耸的胸部，总是会微微上扬，因而她们的眼神也往往保持一个略微华丽的三十度——这是金诚的名言。

那天，顾客何逢吉走进门的时候，脸庞圆润，像一碗蒸得恰到好处的水炖蛋，目光始终是平视前方的。在金诚看来，那就是告诉他我的胸部大小模糊，你就别猜了。金诚破天荒地没有迎上去，更没有给她推荐尺码和款式，他坐在凳子上动都不动。他想，她看起来也喜欢这样不作声的男人吧。她在试衣间待了很久，出来的时候买下了一件深蓝底带金丝编织的薄棉文胸。几天后，又来买下了同款的底裤。

她第三次来的时候，金诚开口说给她打八折。

何逢吉却说，还不如请我吃饭呢。

金诚脸上闪过一丝极易察觉的惊喜，下意识地整了整衣领。

于是有了他们的第一次约会。他们的第一次约会，就是这种一起吃饭的老式约会，吃得高兴了兴许还可以看个电影什么的。一开始当何逢吉提出由她去预订位子的时候，金诚可没有想到她还会叫好了出租车来接他。她留给金诚的印象一点都不像她大小模糊的胸部，她看上去就是个应酬的老手，熟练地点菜，熟练地招呼加汤倒酒，吃得舒服的时候会把右脚搁在左脚上做出浅浅的二郎腿的样子。

那顿饭他吃得挺高兴的，金诚一高兴，就拉上了何逢吉去幽暗的小巷走走路，发现何逢吉的小手自然而然地就可以捏上一把，听到金诚讲的荤段子也会及时地笑出来，她并不容易脸红，反倒是金诚还有些诚惶诚恐。男人好像看到有种洞若观火的神气始终在她脸上，一切就像是大江东去般的水到渠成，命中注定，无可挑剔。

他们的第一次做爱，是在约会了一个礼拜之后。那天，何逢吉整个下午都在金诚的店里帮忙，陪他说闲话，一直到黄昏。

金诚关了店，拉上了卷帘门，回头看到何逢吉举着一件乳白的棉布文胸往身上比画，他本想迈起来的右脚就缓缓地放了下来。他靠在卷帘门背后看着她。

有些女人喜欢深色文胸，有些女人喜欢鲜艳文胸，有些人喜欢带蕾丝的，有些人喜欢厚内衬的。而作为一个男性内衣店主，金诚亲手抚摸过无数种文胸，却觉得只有白色的布质文胸最是性感无比。何逢吉穿着黑色毛衣，往前胸比画着白色文胸，苍白的脸上一对眸子映照在镜子里深不见底。

他终于说了那句话：你把衣服脱了。

何逢吉竟然毫不忸怩，这让金诚有些意外，也很感动。

他轻易地就把她压在了身下。不被察觉的一声叹息后，她松开了一直护住前胸的双手，环抱住金诚的脖子，很紧。金诚的感动越发汹涌起来，忙不迭地要寻找到那个报答她的通道，就在进入的瞬间，他看见她的脸上不是迷醉的，而是一副无所谓的表情，这个表情和她紧紧搂着他的双手是格格不入的。他先前的感动突然夹杂了些恨意。他开始使劲，他希望他对她的回报能换得她的一些和他相似的感动。仿佛驾起帆船横渡大西洋，却只意味着没头没脑地撞击海浪，冲向礁石，待金诚一番挣扎后睁开眼睛，何逢吉依旧一副无动于衷的神情，于是他只好力不从心地，在淡淡的烦躁中到达了彼岸。

然而，事后金诚回味起来，却认为自己是迷恋何逢吉带给他的这种焦虑感的。他反而越来越喜欢跟何逢吉做爱，越来越喜欢她无所仰仗的态度，到最后他甚至不十分关心何逢吉是不是跟他一样快乐。为了表达自己知恩图报的诚意，在一个有月亮的晚上，金诚求婚了。

钱喜趣是何逢吉的高中同学，也是何逢吉唯一的好朋友。她没有何逢吉好看，却有着何逢吉没有的爽朗开放的性格。

每个人的青春记忆中，都有这样的一个女孩，她不具有特别出众的美丽，她笑起来的时候没有酒窝，但会露出两个可爱的虎牙，她不高挑，但有浑圆的腰肢，她不是又白又光洁的天鹅蛋，她是一枚有些小雀斑的鹌鹑蛋，虽然菜市场里随处可见，却反而让她有了一点家常的烟火气。她并不非得跟女生走得很近，却一定能和每个男生称兄道弟、勾肩搭背，谁都能约到她一起回家，一起吃饭，谁都会请她帮忙给何逢吉传小纸条，可谁也不会把她当作暗恋的对象。

但女生们是不管男生们的眼神其实在飘向何方，她们眼里只看见钱喜趣夺走了所有她们心仪的小伙子。她们讨厌她，在背后议论她、孤立她，不告诉她最新的明星八卦，也不跟她分享流行话题，仿佛这样做了，男生们就会跟钱喜趣分手似的。落得个形单影只的钱喜趣就是这样在放学路上碰到同样形单影只的何逢吉的。

那天钱喜趣追上了何逢吉，叫了她一声，从口袋里掏出一张明星贴纸递给她。何逢吉有点感动，有人送她一样东西，而这样东西又不再是她一直讨厌的写满火辣辣话语的小纸条。她感激地看着钱喜趣，和她聊了起来。钱喜趣顺势大大咧咧地挽住了何逢吉的右手臂，就像两块相邻的拼图，她们各自填补上了对方缺少的那个角落。

十几年过去了，钱喜趣不再是那个十六七岁的姑娘了，但她依然是何逢吉最好的女朋友。已经三十岁的她最大的乐趣不再是男人，而是何逢吉。自从那年放学路上挽住何逢吉的手开始，她的生活重心始终围绕着何逢吉，她和她一起回家，一起做功课，考一样的大学，住同一个寝室，一起回到小城工作。她看何逢吉跳舞，陪何逢吉说话，到何逢吉家吃饭，跟何逢吉一起逛街，靠着何逢吉看电影，这些似乎一直是钱喜趣最喜欢做的事。即使是在何逢吉嫁给金诚之后，她俩的关系也没有疏远的迹象。钱喜趣不是一个迷恋同性之爱的姑娘，可何逢吉就像蜜罐子一样总在吸引着她这样的小蚂蚁。

一个对钱喜趣来说也是随心所欲的下午，她在马路上闲逛，她也不知不觉来到了金诚的内衣店。隔着内衣店的玻璃门，钱喜趣注意到了男店主金诚。他端坐在每家小店都有的收银台后面，穿着一件规规矩矩的有领子的黑色上衣，衬得棱角分明的脸有点苍白，两颊的法令纹若隐若现，使他看上去显出点老态，而事实上金诚也就刚过三十。此时他正专注地朝前观看，她顺着他的视线看过去，那儿只有一排货架，可是男人的表情有一点紧张，紧张背后好像还有些无礼，这种放肆使得他的脸部线条慢慢地收紧，收紧，显得更加轮廓分明了。钱喜趣心里面把这张认真的脸的轮廓轻轻地勾画了一遍，就看到有个人从货架旁边的试衣间走出来了，是何逢吉呢，手里拎着几件内衣，似笑非笑地对着金诚款款走去，金诚一派欲语还休的欢天喜地，跟刚才痴傻的时候判若两人。

钱喜趣把张望的脑袋伸了回来，转身靠在墙上，想了想，终于没有走进去。

何逢吉出门的时候，她大笑着迎了上去。

好几天没见到你了。钱喜趣是满脸邂逅的样子。

刚买了件文胸。何逢吉朝她扬扬手里的纸袋，有些神秘地说，文胸店老板是男的。怎么是个男的呢？后面那句话何逢吉好像是在自言自语，表情有些悻悻地。

让我瞧瞧。钱喜趣假装没听到她的自言自语，拿过袋子，一看是个蓝底镶金的花色，不禁一脸坏笑。你什么时候喜欢这种式样了？一点不配你的风格嘛，不如我来穿呢。

你又喜欢了？你怎么就喜欢人家的东西，拿去拿去。何逢吉笑起来，仿佛有些宠爱似的轻轻打了一下钱喜趣的胳膊。下次再去给你配上同款内裤，当生日礼物一起送你。

真的？嘻嘻。钱喜趣踮起脚尖儿，一只手才能勉强勾住何逢吉的脖子，亲亲热热的样子仿佛她早就忘记了刚才内衣店里的那幕场景。

在何逢吉跟金诚的关系稳固后，他俩的话题越来越少，似乎已经到了不得不围绕婚姻这一目的展开的时候，他们的约会就非常需要第三者的调剂了。钱喜趣就在这时偶尔加入到他们的约会中。

跟着何逢吉一起约会的钱喜趣，却好像不太会和男人打交道。三十岁的她不再像中学时代一样风风火火，却反而流露出待字闺中的单身女子那种显然很没有必要的矜持来了。这种矜持，说得难听点，有时候还不是在把她们往婚姻的殿堂外推么。所以，当她看到一直温文尔雅的何逢吉，在三个人的聚会中，跷起二郎腿，爽快地大笑，还能把荤笑话说得面不改色，相当地惊奇，这是一个她从未了解过的何逢吉。

有时候，她会在内心转换角色，把自己放到何逢吉这样的位置，设想自己会怎么说话怎么动作。当然，她也可以谈笑风生，但有一点能肯定的是，她不可能如何逢吉一般轻松自在。看，她多么自在逍遥啊，她把一切握在手里呢，钱喜趣常常这样想，盯着何逢吉出了神。

金诚就会在这时候笑着推她一把，看什么，这可是我老婆。

转过神来的钱喜趣回复了一些当年的风采，她一掌打回去：

你老婆？你不知道她中学时就跟我了？再说了，叫人家“老婆”还早了点儿吧？

金诚看了一眼何逢吉，忽然不说话了。

我们已经登记了，何逢吉说。

嗯……那祝贺你们咯！就那么一阵子，钱喜趣竭力维持着眼中若有若无的光彩，把声音提高了八度，要说那一刻她是真心诚意的当然也是不为过的。

也就是在金诚跟何逢吉的饭桌上，钱喜趣认识了顾维汉。

顾维汉是金诚的朋友，金诚第一次说出顾维汉的名字时，正好那几天有报道说台湾间谍沃维汉在大陆被判处死刑，钱喜趣觉得怪有趣的，想笑又好像不礼貌，使劲憋着，脸都变形了。顾维汉好像一眼就能识破她在想什么似的，说你要笑就笑出来吧，我就是个安插在内衣店的商业间谍知道不？钱喜趣一下子就放松了，浑身都自在起来。

周六的下午，四个人一起在内衣店打牌，钱喜趣经常坐在顾维汉的对面。顾维汉总是四个人里话最多的，钱喜趣总是话最少的。

顾维汉在一家大型国企当科员，跟那些平时谨小慎微私底下又生龙活虎的公务员一样，他的话题离不开单位里零零碎碎的事情，比如这个礼拜他说的是哪个上司带了谁谁谁出去考察了，下个礼拜又说哪个上司今年总开着辆带吉利数字牌照的旧私家车，某某最近总是在给某领导写讲话稿，某科长和某书记这一年来好像打得火热……

这些事情哪个单位没有，在哪个单位不是大同小异的呀，有一次钱喜趣这样说。

不是不是不是，顾维汉一连说了几个“不是”，把头转向钱喜趣，盯着她的眼睛说道，这些鸡毛蒜皮啊，冥冥中都是有着各自运行轨迹的，参透了那些规律你就知道这一切是怎么发生的，这一切当然不是随随便便就发生的。

顾维汉一脸的认真有些故作认真似的，仿佛他自己就是个什么东西一样，钱喜趣不禁扑哧笑出声来。

我可都看得明明白白的，他又说。这次，顾维汉的口气有些不合时宜的严肃了，钱喜趣的笑容凝固了，大家一时都有些怔住了。刚好是金诚出牌，他扔出去一张老K，想了想，还是伸出手去拿了回来。顾维汉眼明手快地按住金诚的手，说，牌已经打出来了。

还是何逢吉咯咯一笑，说顾维汉呀顾维汉，你是把自己当哲学家了。看，都吓坏我们家钱喜趣了。

顾维汉说，我是哲学家吗？小钱，你说我像哲学家吗？

钱喜趣心想：你像不像哲学家问我干吗呀。抬头看了他一眼，不理。

顾维汉没趣地松开按住金诚的手，说，过。何逢吉就甩出张黑桃A。轮到钱喜趣出牌了，她扔出一张大王，封住了何逢吉的黑桃A，然后才开口，你不就是一个内衣店的间谍呗。

哈哈，他是间谍？金诚一边笑一边毫不犹豫地扔出四张K，炸了钱喜趣的大王，再扔出一张方块三给下家顾维汉，说，那就给个甜头，你接一手。

四个人的一局牌倒也打得顺起来了。

后来的每个周六下午，小城的人们总是见到金诚的内衣店里，这四个人在一起喝茶，安逸地闲聊打牌，好像一家人一样。有顾客进来，看到这样欢愉的场面，也不免多逗留一会儿，多说几句话，多买一件内衣。这样的下午，这样的日子，本来也可以这样平静地一个接一个地过去的——直到有一天，何逢吉碰到一件不大不小的事儿。

那段日子，某系统有个大型的文艺汇演，特地请了舞蹈老师何逢吉编舞和排练。何逢吉第一次筹备这样大型的集体舞蹈，报酬又相当可观，便不免有些在意，即使如她一般总是无所谓的人也好像分外地重视起来。她开始常常加班，经常和演员们宵夜，总是很晚回家，偶尔也缺席每周的牌局。

事情发生的那天晚上，何逢吉跟演职员们吃完饭走出饭店，忽然不想打车，她一个人慢慢走在回家的林荫路上。

暖风和煦，拂面而过，空气流动得和她的脚步一样缓慢，夜晚的味道醇厚香浓。是快春天了吧，她抬起头。道路两边高大的行道树伸出年深月久的枝条，夜空是一锅搅浑了的泥浆水，整个画面像极了一幅古旧的插图。这样的夜已经很深了，这样的夜好像应该发生一些事情，何逢吉想，是不是没有什么也要制造一些什么呢。

或许是春天，或许是酒精的作用，她心头咚地跳了一下。她拿出手机，想给顾维汉发个短信。

她输入：在干吗？

想了想，又删去了，重新输入：在哪呢?

想了想，也删去了，最后输入：突然想到你，问候一下。这才发送了出去。

然后她继续走路，步子有些用力，但更慢了。十分钟过去了，其间她摸出手机看了三四次，顾维汉一直没有回复。

何逢吉有些恼火，有些尴尬了，有些撕破面具、丑媳妇见公婆的难堪了，却又是自讨的没趣，只能打落门牙往肚里吞。要是她有那能耐，早就飞到电磁波里揪回那条短信了。

半个小时过去了，顾维汉真就好像不打算回信了。何逢吉倒松了口气似的，也不难为情了，反而轻松起来，脚步也似乎迈得更大了，很快就到了家。

进门脱鞋的时候，她踩在了一个软绵绵的东西上，摔了一跤。

抬起头，借着窗口透进来的月光，她看到一个沙发靠垫。

往前点儿，有些零碎的衣服扔在地板上。

再往前点儿，还有两双脚趾头对着脚趾头的光脚丫。

一双涂着好看的深紫色的指甲油，一双长着个难看的深紫色的瘀青，是钱喜趣的脚，和金诚的脚。

两对脚丫慌乱地分开，各自奔向它们的袜子和裤管。何逢吉没有立刻爬起来，这一刻她又想起刚才肉包子打狗一去不回的短信，她有些沮丧，有些难过，为这个可怜的肉包子，也为自己进自己家门的这副德行。索性躺着吧。

躺了一会儿，她才缓缓地从地上站起来，捡起靠垫，拍了拍，放回到沙发上，然后双手抱肩，看着金诚和钱喜趣匆忙地穿衣服。

你们已经完事了还是刚刚开始？何逢吉问。

完事了，钱喜趣说。语气也很平常，就像当年读书时候，每天跟男生打闹后赶到校门口，跟等在那里的何逢吉会合时说的那句话一样。

听到这一问一答，金诚脸上的神色像被人掐住脖子一样的呆滞，他蠕动两片嘴皮，是想说一句什么话。何逢吉觉得他手足无措地站着就算了，可他看看何逢吉、再看看钱喜趣的那副欲言又止结结巴巴的样子却为什么表现得跟任何一个奸情败露的丈夫一样，这样子可真叫何逢吉光火。

她没看金诚一眼，事后甚至也懒得去追问金诚，这事是什么时候开始的，这事是怎么开始的，她一直在想：这是我不该看到的还是不想看到的？都不是的。她带着些微难以察觉的懊丧，用那种他们看起来仍旧很轻描淡写且没有变化的眼神扫了他们一眼，就走了出去，还不忘带上房门。

直到“砰”的一声，她的懊丧才沉重起来，她加快了脚步，以至于好像是在飞奔下楼，楼道里的感应灯依次亮起，一如既往地为她照亮昏暗的台阶，湿暖的空气随着灯光的点亮涌入她的鼻腔，又被她一下子奋力地吐出去，她直冲到小区门口才停下来。

门被合上已经很久，金诚还望着那儿，一动不动。钱喜趣背对着金诚坐在沙发里。

我们根本没有，为什么要说那句话？金诚终于开口了。

这事儿，说不说、做没做，有区别吗？钱喜趣突然伶牙俐齿起来了。

金诚一时语塞，找不到话反驳。

我们给这件事一个了结吧。她站起来，走到金诚面前，掰过金诚的下巴，让他的眼睛能直视着自己的胸部，然后再一次开始脱衣服。

这次，她脱得比先前要慢，借着一点天光，借着一段两人之间的距离，金诚看清了钱喜趣戴着的文胸，幽深的底色上闪烁着微微的金色光亮。

金诚一顿，是第一次遇上何逢吉的时候，她买下的那件吗？

看上去没错。

果真是样好货色。

她戴起来好看。

想着想着，他一时烦躁起来，脑中闪过另一个白晃晃的棉布文胸。钱喜趣伸手脱他的衣服了，然后是他的裤子，最后只剩下内裤了，钱喜趣停止动作了。

内裤之下，他已经有了反应，但她盯住的却只是这条内裤。一条黑灰色格纹交织的平角短裤，有弹力，包裹住男人凹凸有致的下身，不松也不紧。

真好看。

是我喜欢的花色。

钱喜趣一时动容，在心底默默赞许何逢吉的品位。

这一瞬间，她又达成了与何逢吉的共识。她仿佛重新看到了十几年前那个放学的黄昏，天色一如既往是暗暗的，她看到何逢吉走在自己前面，斜挎着黑灰色格纹的帆布书包，书包的背带松松地绕在细瘦的肩膀一侧，那么好看的背影，又那么孤零零的。钱喜趣伤感起来，她追上去，翻遍了口袋，找出一张小虎队的贴纸，献宝似的递给了何逢吉。何逢吉舒展开来的眉心和盈盈的浅笑，让钱喜趣认为自己终于找到了知音。后来的岁月里，明媚爽朗的钱喜趣常常会因为何逢吉而变得忧愁，比如此刻，她目睹着眼前这条跟何逢吉的书包一样漂亮也一样四四方方的平角短裤，情不自禁地伸出手抚摸起来。

何逢吉倚着小区铁门，喘了几大口气。往左拐，还是来时的林荫路，跟几十分钟前相比，看不出什么变化。她继续踱步，没有目的地，速度就更缓慢了。的确是春天了，道路两边依旧高大的行道树，光秃秃的枝条上开始有些若隐若现的树叶，在夜色里混沌成了毛茸茸的一片。一辆空的出租车驶过，朝她短促地按了下喇叭，她头也不回，车子重又疾驰而去。

我跟他结婚快一年了。

结婚十年呢，他恐怕也会这样的。

何逢吉叹了口气，努力回想这个男人的长相。金诚赤裸的脊背从后面看是很修长的，形成一个瘦削的倒梯形。他转过来的脸庞跟今晚的月亮一样白白的，五官就跟树叶一样朦胧，想当初谈恋爱的光景，金诚总不能时时刻刻在何逢吉想要他出现的时候出现，不在内衣店的时候，他行踪不定。

他是令人无奈的，他一点都不像钱喜趣。

钱喜趣任何时候都在。

身后传来一连串急促细碎的脚步声，何逢吉简直有些感动起来，她拢紧了外套，下意识地回过头去张望，好像钱喜趣正离开金诚的公寓，仍然会像那个放学的黄昏一样追上来，送她一个小玩意儿，然后挽住她的胳膊一起回家。

身后走来的是一对年轻的情侣，正说着一些让对方偷笑的话语，看到何逢吉回头，反而不好意思起来。何逢吉被他们的愉悦感染了，即使钱喜趣不追上来，她也知道自己其实一点不讨厌她。这么多年来，钱喜趣和她一起上学放学，一起读书毕业，一起看电影逛街，一起吃饭聊天，她知道钱喜趣喜欢什么、热爱什么。她是一个小妹妹，总在天真地模仿姐姐的爱好。何逢吉嘴角不知不觉泛起一个溺爱的笑容，当初那个蓝底金花的文胸送给了她，钱喜趣踮起脚尖来勾住她的脖子。只是一个文胸而已，却让她那么高兴。这一刻，何逢吉感到了来自钱喜趣的共鸣，这使得她坦然起来了。

包里的手机突然响了。

她摸出来一看，是条短信，来自顾维汉：你在哪呢？

先知先觉

顾维汉跨上台阶，拉开内衣店的玻璃门，不禁想起他和金诚第一次见面的情景。

那个下午，无所事事的顾维汉在散步，整个人被春风吹得暖烘烘的特别高兴。他看到一个环卫工人在扫人行道内侧的一堆瓜子壳，瓜子壳边上立着一个女人，环卫工人有点不耐烦，瓜子壳零碎地扔了一地，女人若是不走开，路是扫不干净了。可这个女人对伸到脚边来的扫帚无动于衷，扫帚有意无意地戳到她鞋子的时候，她也只是跺一下脚，略微移开一点，却仍旧全神贯注地看着什么。

顾维汉好奇了。

顾维汉是个容易好奇的人，他喜欢对任何事情刨根问底，打探琢磨。吃了一道好吃的菜，非得知道菜是如何做出来的，同事结婚了，一定要人家小夫妻说说是怎么对上眼的，甚至换了一个顶头上司，也会花上顾维汉好几天的时间去思考这位领导同志是怎么升迁的。好奇心是万物演变的本源，顾维汉的确保持了旺盛的生命力，但他思想的触角到处蔓延、无所不在的时候，也不免使人厌烦。

顾维汉自己是不关心别人怎么看待他的。他轻轻走到女人的身后，女人站在一家内衣店的门外朝里张望，什么都没有察觉。女人的个子玲珑丰满，有一头茂密蓬松的短发，顺着女人的视线看去，两扇玻璃门后面的店堂里坐着一个男人。女人是在看他。顾维汉伸长脖子，只能看到那男人一个隐隐约约的侧面，隔着女人的头发和混浊的玻璃，男人的脸部边缘歪歪扭扭的，像是在哈哈镜里似的。男人对店门口站着的两个人视若无睹，他也全神贯注地在看什么。

顾维汉的好奇心越发重了，门外的女人，门内的男人，好像螳螂捕蝉，黄雀在后，可那只蝉，到底是什么呢？

试衣间的门打开了，另一个女人走了出来。高高的个子，一头卷发扎成马尾，穿着宽松的长裤，眼神安安静静的，是一摊浅浅的湖水在飘啊荡啊。顾维汉不免稍稍踮起脚尖，想看得更分明一些，她却别过了头，朝柜台边的男人淡淡地一笑，开口说了些什么，就见男人匆忙地站起身来，一个趔趄，差点抹掉了收银台上的茶杯盖。高个子女人付完钱走出来的时候，顾维汉闪到了边上，却见到门口的女子迎上前去。原来她们俩认识。

那是钱喜趣跟何逢吉，两人邂逅并双双离去了。顾维汉若有所思地站了一会儿。环卫工人已经把人行道扫得干干净净了。顾维汉拿鞋底来来回回磨蹭着刚才堆满瓜子壳的地面，感到了一些说出谜底前的紧张。

那天，当他走进这家特别的内衣店，看到金诚迎上来的脸庞，突然明白了门口女人专注的眼神。金诚有韩国明星一样白皙的肤色，细长的双目，在顾维汉眼里，简直称得上是俊美的。顾维汉是个胡子拉碴的男人，对俊美的男人，他打心眼儿里是看不起的，更何况金诚还是卖女式内衣的，更让顾维汉不屑了。但当他想起从试衣间走出来的女人那荡漾的表情时，他又认为金诚的生意肯定应该比女店主做得好。

顾维汉看着货架上一排排五颜六色的文胸有点尴尬，它们个个雄赳赳的，好像等着一样气昂昂的女人把它们领走。女人穿漂亮的内衣，大多不是穿给女人看，她们购物的时候，其实非常需要男性的眼光来提供给她们建议、认同她们的选择，而通常情况下，她们的男友或者丈夫，并不乐意提供这方面的帮助，所以，当她们碰到一个金诚这样的内衣店主，他生意的兴隆就可想而知了。

买给女朋友的吧？可能因为顾维汉是单身入店的男士，金诚一改往日的沉默，殷勤地问。顾维汉只好点点头，金诚便问他的女友多高多胖什么肤色。新交的对象三围如何，叫大胡子的顾维汉怎么说得清，只好随口拿刚走的高个子女人比画了一下。金诚立刻心领神会了。那天，顾维汉买下了一件文胸。

内衣店永远不缺回头客，半个月后，顾维汉又来了，一进门就嚷着要一条跟上次同色的底裤。

他告诉金诚，女友说那件文胸很贴身，厚薄也刚刚好，就像男朋友的手一样。而他恨不得告诉女友，应该说像金诚的手一样才对，因为完全是金诚挑选的。

金诚被顾维汉逗笑了，他请顾维汉坐下来，泡了杯茶给他，又接着刚才的话茬说了些男人谈论女人的猥琐话，而且越说越带劲，更眉飞色舞的，很不一样。顾维汉忍不住问他碰上什么喜事了，金诚倒也大方，说自己跟何逢吉好上了。

你知道的，就是那个高个子的女人，他补充说。

哦……挺好，挺好的。顾维汉猛干一口喝完茶水，拍了拍金诚的肩膀，你小子很厉害嘛。

顾维汉慢慢地变成了金诚的好朋友。

金诚跟何逢吉谈恋爱的时候，顾维汉经常出现在两人的饭桌上，他就是在那个时候正式认识了钱喜趣。

饭桌上的钱喜趣并不知道顾维汉跟自己的渊源，在顾维汉眼里，她跟在内衣店门口徘徊的钱喜趣是很不一样的。

第一次见到她的时候，她盯着玻璃门后金诚的样子像小孩子盯着橱窗里的玩具，有非要不可的任性，也是最原始简单的贪求。当四个人一起的时候她又是最沉默的，有一些不合年龄的雾霭渐渐升起在她的眼眶，每个玩笑都是她最后才笑。何逢吉走开了，她眼里的淡淡雾气就散了，有一种迟钝的光彩跟月亮一样探出头来，又转瞬即逝。顾维汉经常偷偷地拿眼角瞟着她，心中越发好奇了。

金诚跟何逢吉结婚的时候，顾维汉跟女友也分手了。有时候，在星期六的下午，单身的顾维汉和钱喜趣都会到金诚跟何逢吉的内衣店来，生意清淡的时候四个人会打打牌，聊聊大气，一起接待顾客。

有一次顾维汉突然说了一件事。他说，我们公司空了三年的会计职位马上就有合适的人选了。

何逢吉抬了抬眼皮，这有什么大不了的？她永远是漫不经心的。

顾维汉说，这里头可大有文章，自从老会计退休后，局里头一直聘着个兼职会计。

金诚开口了，那是因为这年头跟领导心贴心的好会计很难找吧。

顾维汉看着金诚慢条斯理地说，那是因为咱们老总的女儿七月份就要毕业了，正好是会计专业的，够贴心了吧？

随后他瞟了钱喜趣一眼，又慢条斯理地说，这事儿我可早料到了，有些人哪，还非得等到人家姑娘都来上班了才恍然大悟地说一句“哟，咱们来了新同事”吧？

他的话说得两夫妻哈哈大笑。钱喜趣先没笑，她看一眼何逢吉，再转过头对着金诚，然后才跟着笑了起来，额头侧出一个圆满的弧度，两颊的肌肉一颤一颤的，顾维汉一下子仿佛想明白了什么。

几天后的晚上，按照原本的计划应该轮到金诚夫妇做东请大家吃饭。可何逢吉下午临时要去少年宫排练舞蹈，晚上说不准就不能回来聚餐了，她让金诚通知一下另外两个人，晚饭延期。金诚就打了电话给顾维汉，并让顾维汉把这意思也传达一下给钱喜趣。

顾维汉在家，掐掉了金诚的电话，一个人呆坐了会儿。

何逢吉排舞……她怎么排……她是不是先要示范给演员一段……看她那细高个子，小蛮腰，长腿一劈，稳稳坐在地上，别人都傻眼了吧……看她不停地单脚转圈，转圈……低胸练功服，映出优美的锁骨……怎么转得那么好，转得都停不下来了……她说她忙得很……她没空……

顾维汉拿起电话，输入了一个短信：晚上吃饭，地点在金诚家。

发送对象：钱喜趣。

这一天半夜快十二点的时候，顾维汉收到了何逢吉的短信。

突然想到你，问候一下。

捏着手机，他没有立刻回这个短信。

他说什么呢，“我也想你”？午夜的短信也应该庄重些的。

仅仅是一个短信么？他是第一次收到何逢吉的短信。他了解她这样的姑娘，率真、高傲，和一些对万事都不用心的单纯。这样的姑娘从来不给他打电话，更不用说短信了，这个短信因而显得尤为珍贵。

这时候，她在哪里？还在排舞不可能，晚饭的时间也早过了，莫非她在跟演员们唱歌？她陷在昏暗的包厢沙发里，陷落在年轻人的劲歌热舞里，握着手机给他发了条短信，短信像气若游丝的一声“救命”穿越了包厢，穿越了街道和人群，把他们俩紧紧地连在了一起……她不敢把手机塞回包里，怕听不到回信的铃声，只能捏着手机搓来搓去，等待屏幕忽然亮起……要不就是她已经在家了，看到了一些早该发生的事情，其实也没什么大不了的事情，她肯定是轻轻松松地走出来的，可她能上哪儿去呢……顾维汉难过起来，掐灭烟，急切地回了何逢吉的短信。

金诚跟何逢吉的婚姻结束后没有多久，那些周六下午，小城的人们见到内衣店里，这四个人又在一起喝茶了，又在安逸地闲聊打牌了，和美得又好像一家人一样。有顾客进来，看到这样欢愉的场面，也不免又多逗留一会儿，多说几句话，多买一件内衣。

真的，这样的下午，这样的日子，总是会这样平静地一个接一个地过去的。

图书在版编目（CIP）数据

火星一号 / 朱个著. 一南京：译林出版社，
2023.9
(窈窕文丛)
ISBN 978-7-5447-9722-1

Ⅰ.①火… Ⅱ.①朱… Ⅲ.①短篇小说 - 小说集 - 中
国 - 当代 Ⅳ.①I247.7

中国国家版本馆CIP数据核字（2023）第084529号

火星一号 朱 个／著

责任编辑 竺文治
装帧设计 孙逸桐
校 对 芮 利
责任印制 颜 亮

出版发行 译林出版社
地 址 南京市湖南路1号A楼
邮 箱 yilin@yilin.com
网 址 www.yilin.com
市场热线 025-86633278
排 版 南京展望文化发展有限公司
印 刷 苏州市越洋印刷有限公司
开 本 850毫米 × 1168毫米 1/32
印 张 8.5
插 页 4
版 次 2023年9月第1版
印 次 2023年9月第1次印刷
书 号 ISBN 978-7-5447-9722-1
定 价 59.00元

版权所有 · 侵权必究

译林版图书若有印装错误可向出版社调换. 质量热线：025-83658316